Pte de Clignancourt
des Poissonniers
de la Chapelle
d'Aubervilliers
Boulᵈ de la Villette
MACDONALD
NEY
R. Belliard
SACRÉ-CŒUR
SQUARE Sᵀ PIERRE
N.D. DE CLIGNANCOURT
Simplon
Ordener
Rue
Crimée
Riquet
ABATTOIRS
GÉNÉRAUX
Sᵀ CHRISTOPHE
JEAN JAURES
Sᵀ BERNARD
Chapelle
CHAPELLE
DOUANE
Mᴵᴱ DU XVIIIᵉ ARRᵀ
HOPᴸ LARIBOISIÈRE
COLLÈGE ROLLIN
GARE DU NORD
Lafayette
Louis-Blanc
Sᵀ GEORGES
PARC DES BUTTES-CHAUMONT
AVENUE TRUDAINE
Rue du Delta
Sᵀ VINCENT DE PAUL
Chabrol
Poissonnière
Paradis
Cᵗ Fabien
NOTRE-DAME DE LORETTE
Châteaudun
Sᵀ EUGÈNE
Richer
FOLIES BERGÈRE
Rue
Bergère
Sᵀ LAURENT
Écuries
Mᴵᴱ DU Xᵉ ARRᵀ
Pyrénées
Belleville
POISSONNIÈRE
VARIÉTÉS
BOURSE
Sentier
Sᵀ DENIS
Sᵀ MARTIN
Sᵀ JOSEPH
N.D. DE LA CROIX
Ménilmontant
ARTS-ET-MÉTIERS
Sᵀ ÉLISABETH
PLACE RÉPUBLIQUE
Père Lachaise
Sᵀ EUSTACHE
Sᵀ LEU
Réaumur
Temple
Sᵀ NICOLAS DES CHAMPS
HALLES
CENTRALES
Rambuteau
ARCHIVES NATᴸᴱˢ
Sᵀ AMBROISE
Rue
Honoré
MAGASINS DE LA SAMARITAINE
Châtelet
Louvre
Sᵀ MERRI
Ste Croix-de-la-Bretonnerie
Rue des Archives
Voltaire
Hôtel de Ville
TOUR Sᵀ JACQUES
CHÂTELET
Rivoli
PLACE DES VOSGES
Bréguet-Sabin
Sᵀᴱ CHAPELLE
PALAIS DE JUSTICE
LA MONNAIE
Sᵀ PAUL
Sᵀᴱ MARGUERITE
COLONNE DE JUILLET
Ledru-Rollin
GARE DE VINCENNES
Arsenal
Rue
Odéon
ÉCOLE DE MÉDECINE
ODÉON
SEINE
GARE DE LYON
SÉNAT
LUXEMBOURG
SORBONNE
PANTHÉON
JARDIN DES PLANTES
Bercy
GARE D'ORLÉANS
Rue Censier
Gobelins
LA SALPÊTRIÈRE
Chevaleret
VAL-DE-GRÂCE
ROYAL
OBSERVATOIRE
ARAGO
LES GOBELINS
N.D. DE LA GARE
Tolbiac

Maigret

Der 58. Fall

I

Als Maigret im Dunkeln nach dem Telefon tastete, brummte er nicht wie sonst, wenn er mitten in der Nacht angerufen wurde, sondern seufzte vor Erleichterung.

Er erinnerte sich nur verschwommen an den unangenehmen Traum, aus dem ihn das Klingeln gerissen hatte: Darin hatte er versucht, einer wichtigen Person, deren Gesicht er nicht sah und die sehr unzufrieden mit ihm war, zu erklären, dass er nichts dafür könne. Man müsse Geduld mit ihm haben, nur ein paar Tage, denn die Arbeit sei ihm noch ungewohnt und er fühle sich schlapp und nicht wohl in seiner Haut. Man solle ihm vertrauen, dann werde es nicht lang dauern. Vor allem dürfe man ihn nicht vorwurfsvoll oder gar spöttisch ansehen.

»Hallo …«

Während er den Hörer ans Ohr legte, knipste Madame Maigret, auf einen Ellbogen gestützt, die Nachttischlampe an.

»Maigret?«, fragte die Stimme am anderen Ende.

»Ja.«

Die Stimme kam ihm bekannt vor, auch wenn er nicht wusste, wer es war.

»Hier Saint-Hubert …«

Ein Polizeikommissar, ungefähr in seinem Alter, er kannte ihn seit seinen ersten Dienstjahren. Sie nannten sich beim Nachnamen, duzten sich aber nicht. Saint-Hubert war rothaarig, lang und mager, ein wenig langsam und feierlich und sehr gewissenhaft.

»Habe ich Sie geweckt?«

»Ja.«

»Das tut mir leid. Aber man wird Sie vermutlich sowieso gleich vom Quai des Orfèvres aus anrufen, um Sie zu informieren, denn ich habe gerade eben die Staatsanwaltschaft und die Kriminalpolizei verständigt.«

Maigret hatte sich im Bett aufgesetzt und nahm eine Pfeife vom Nachttisch, wo er sie vor dem Schlafengehen hingelegt hatte. Mit den Augen suchte er nach Streichhölzern. Madame Maigret stand auf, um ihm welche vom Kaminsims zu holen. Das Fenster stand offen. Es war eine laue Pariser Nacht, gesprenkelt vom Licht der Laternen, in der Ferne waren Autos zu hören.

Zum ersten Mal seit ihrer Rückkehr aus dem Urlaub vor fünf Tagen wurden sie auf diese Weise geweckt, und für Maigret war es wie die Wiederaufnahme des alltäglichen Lebens mit seiner Routine.

»Was gibt es?«, murmelte er und zog an seiner Pfeife, während seine Frau ihm das brennende Streichholz über den Pfeifenkopf hielt.

»Ich bin in der Wohnung von Monsieur René Josselin, Rue Notre-Dame des Champs Nummer siebenunddreißig, gleich neben dem Kloster der Petites Sœurs des Pauvres … Hier ist eben ein Mord entdeckt worden. Genaueres weiß ich noch nicht, ich bin selbst erst vor zwanzig Minuten hergekommen … Können Sie mich verstehen?«

»Ja.«

Madame Maigret ging in die Küche, um Kaffee zu kochen, und Maigret zwinkerte ihr komplizenhaft zu.

»Der Fall scheint schwierig zu sein, wahrscheinlich etwas delikat. Deshalb habe ich mir erlaubt, Sie anzurufen. Ich hatte befürchtet, dass man mir sonst nur einen der Inspektoren vom Bereitschaftsdienst schickt.«

Er wählte seine Worte sorgsam, vermutlich war er nicht allein im Raum.

»Ich weiß, dass Sie gerade erst aus dem Urlaub zurück sind.«

»Ich bin seit vergangener Woche wieder da.«

Es war Mittwoch. Genauer gesagt: Donnerstag, denn der Wecker auf Madame Maigrets Nachttisch zeigte zwei Uhr zehn. Sie waren zusammen im Kino gewesen, weniger des Films wegen, der belanglos gewesen war, als um ihre Gewohnheiten wieder aufzunehmen.

»Könnten Sie vorbeikommen?«

»Ich muss mich nur schnell anziehen.«

»Ich wäre Ihnen sehr dankbar dafür. Ich kenne die Josselins nämlich persönlich ein wenig. Es sind Leute, bei denen man keine Tragödie erwarten würde …«

Selbst die Pfeife roch nach Beruf; eben wie eine Pfeife, die er am Abend zuvor hatte ausgehen lassen und mitten in der Nacht wieder ansteckte, wenn man ihn wegen eines Notfalls weckte.

Auch der Kaffee duftete anders als der Morgenkaffee. Und der Benzingeruch, der durch das offene Fenster hereindrang …

Seit acht Tagen hatte Maigret das Gefühl herumzudümpeln. Diesmal waren sie drei Wochen in Meung-sur-Loire geblieben, ohne jeden Kontakt zur Kriminalpolizei und ohne dass er wie in anderen Jahren wegen eines dringenden Falls nach Paris zurückgerufen worden war.

Sie hatten ihr Haus weiter eingerichtet und sich um den Garten gekümmert. Maigret ging angeln und spielte Belote mit Leuten aus dem Dorf. Seit seiner Rückkehr wollte es ihm nicht gelingen, im Alltag wieder Fuß zu fassen.

Und auch Paris war aus dem Tritt, hätte man meinen können. Das Wetter war nicht wie sonst nach dem Urlaub regnerisch und kühl. Die großen Reisebusse kutschierten immer weiter Touristen in grellen Hemden durch die Straßen, und auch wenn viele Pariser aus den Ferien zurückgekehrt waren, machten sich andere erst jetzt in vollgestopften Zügen auf den Weg.

Die Kriminalpolizei und sein Büro kamen Maigret fast ein bisschen unwirklich vor, und manchmal fragte er sich, was er dort eigentlich tat, so als fände das wirkliche Leben dort unten am Ufer der Loire statt.

Dieses Unbehagen war vermutlich der Ursprung seines Traums, an den er sich vergeblich genauer zu erinnern versuchte. Madame Maigret kam mit einer dampfenden Kaffeetasse aus der Küche und merkte sofort, dass ihr Mann keineswegs wütend darüber war, jäh aus dem Schlaf gerissen worden zu sein, sondern sogar ganz froh.

»Wo ist es?«

»Am Montparnasse, in der Rue Notre-Dame des Champs.«

Er hatte schon Hemd und Hose angezogen und band sich gerade die Schuhe zu, als das Telefon wieder klingelte. Diesmal war es die Kriminalpolizei.

»Hier Torrence, Chef … Wir haben soeben erfahren, dass …«

»… dass ein Mann in der Rue Notre-Dame des Champs ermordet wurde.«

»Sie wissen schon Bescheid? Fahren Sie hin?«

»Wer ist denn im Büro?«

»Dupeu, er verhört gerade einen Verdächtigen im Zusammenhang mit dem Juwelendiebstahl, außerdem Vacher. Moment, da kommt auch Lapointe …«

»Sag ihm, er soll am Tatort unten auf mich warten.«

Janvier hatte noch Urlaub. Lucas war tags zuvor zurückgekommen, aber noch nicht wieder zur Arbeit erschienen.

»Ich bestelle dir ein Taxi, ja?«, fragte Madame Maigret wenig später.

Unten traf er einen Fahrer an, der ihn kannte, und ausnahmsweise freute ihn das.

»Wohin kann ich Sie bringen, Chef?«

Maigret nannte ihm die Adresse und stopfte sich eine neue Pfeife. In der Rue Notre-Dame des Champs stand ein kleiner schwarzer Wagen der Kriminalpolizei. Lapointe rauchte auf dem Gehsteig eine Zigarette und unterhielt sich mit einem Polizisten.

»Dritter Stock links«, sagte dieser.

Maigret und Lapointe betraten das gepflegte Mietshaus und sahen Licht in der Loge. Hinter dem Tüllvorhang meinte der Kommissar einen Inspektor des 6. Arrondissements zu erkennen, der die Concierge befragte.

Kaum hatte der Fahrstuhl oben gehalten, öffnete

sich eine Wohnungstür, und Saint-Hubert empfing sie.

»Die Staatsanwaltschaft wird erst in einer halben Stunde hier sein … Kommen Sie herein. Sie werden gleich verstehen, warum ich Sie angerufen habe …«

Sie traten in eine große Diele. Saint-Hubert stieß eine angelehnte Tür auf, und sie gelangten in ein stilles Wohnzimmer, in dem niemand war außer dem Leichnam eines Mannes in einem Ledersessel – ziemlich groß und dick, in sich zusammengesunken, der Kopf zur Seite gekippt, die Augen offen.

»Ich habe die Familie gebeten, sich in ein anderes Zimmer zurückzuziehen. Um Madame Josselin kümmert sich der Hausarzt, Doktor Larue. Er ist zufällig ein Freund von mir.«

»Ist Madame verletzt worden?«

»Nein. Sie war nicht hier, als es passierte. Ich erzähle Ihnen am besten, was ich bisher in Erfahrung gebracht habe.«

»Wer wohnt hier? Wie viele Personen?«

»Zwei.«

»Aber Sie haben von der Familie gesprochen.«

»Monsieur und Madame Josselin leben allein hier, seitdem ihre Tochter verheiratet ist. Sie hat einen jungen Arzt geheiratet, einen Kinderarzt, Doktor Fabre. Er ist Assistent von Professor Baron im Kinderkrankenhaus.«

Lapointe machte sich Notizen.

»Gestern Abend waren Madame Josselin und ihre Tochter im Théâtre de la Madeleine.«

»Und die Männer?«

»René Josselin war eine Zeit lang allein.«

»Ging er nicht gern ins Theater?«

»Das weiß ich nicht. Ich vermute, er ging ungern abends aus.«

»Was machte er beruflich?«

»Seit zwei Jahren nichts mehr. Früher hatte er eine Kartonagenfabrik in der Rue du Saint-Gothard. Dort wurden Pappkartons hergestellt, vor allem luxuriöse Verpackungen für Parfums. Aus gesundheitlichen Gründen hat er die Firma dann verkauft.«

»Wie alt war er da?«

»Fünfundsechzig oder sechsundsechzig … Gestern Abend war er zunächst allein zu Hause. Später, ich weiß nicht wann, ist sein Schwiegersohn gekommen, und die beiden haben Schach gespielt.«

Auf einem Tischchen war ein Schachspiel aufgebaut, und die Figuren standen da, als wäre die Partie unterbrochen worden.

Saint-Hubert sprach leise, und aus den anderen Zimmern, deren Türen nicht ganz geschlossen waren, waren Schritte zu hören.

»Als die beiden Frauen aus dem Theater zurückkamen …«

»Wann war das?«

»Um Viertel nach zwölf. Als sie also zurückkamen, haben sie René Josselin so vorgefunden, wie Sie ihn hier sehen.«

»Wie viele Kugeln?«

»Zwei … Beide in der Herzgegend.«

»Haben die anderen Mieter im Haus nichts gehört?«

»Die Nachbarn nebenan sind noch im Urlaub.«

»Wurden Sie sofort benachrichtigt?«

»Nein. Die beiden Frauen haben zuerst Doktor Larue gerufen. Er wohnt ganz in der Nähe, in der Rue d'Assas, und hat Josselin behandelt. Es hat trotzdem ein bisschen gedauert, bis er hier war. Erst um zehn nach eins habe ich einen Anruf von meinem Kommissariat bekommen, nachdem der Mord dort gemeldet worden war. Ich habe mich schnell angezogen und bin hierhergekommen. Bisher konnte ich nur wenige Fragen stellen, mehr war wegen Madame Josselins Zustand nicht möglich.«

»Und der Schwiegersohn?«

»Der ist kurz vor Ihnen erschienen.«

»Was sagt er?«

»Man hat ihn nicht gleich erreicht. Erst in der Klinik, wo er, wenn ich es richtig verstanden habe, bei einem kleinen Jungen mit Hirnhautentzündung war.«

»Wo ist er im Augenblick?«

»Da drüben.«

Saint-Hubert deutete auf eine der Türen. Man hörte Flüstern.

»Gestohlen wurde offenbar nichts, auch Spuren eines Einbruchs konnten wir nicht finden. Die Josselins wissen nichts von möglichen Feinden. Es sind brave Leute, sie führen ein unauffälliges Leben.«

Jemand klopfte an die Tür. Es war Ledent, ein junger Gerichtsmediziner, den Maigret kannte. Er gab allen die Hand, ehe er seine Tasche auf eine Kommode stellte und öffnete.

»Die Staatsanwaltschaft hat mich angerufen«, sagte er. »Der Staatsanwalt wird auch gleich hier sein.«

»Ich würde der jungen Frau gern einige Fragen stellen«, murmelte Maigret, der den Blick durch das Zimmer hatte schweifen lassen.

Er konnte Saint-Huberts Eindruck nachvollziehen. Das Ambiente war nicht nur elegant und behaglich, sondern verströmte eine friedliche, familiäre Atmosphäre. Es war kein prunkvoller Raum, sondern einer, in dem es sich gut leben ließ. Jedes Möbelstück schien seine Funktion und seine Geschichte zu haben.

So hatte Josselin offensichtlich jeden Abend in dem großen Sessel aus rotbraunem Leder gesessen. In seinem Blickfeld, auf der gegenüberliegenden Seite des Zimmers, stand der Fernseher.

Auf dem Flügel hatte jahrelang ein kleines Mädchen gespielt, dessen Bild man an der Wand sah, und neben einem weiteren Sessel, weniger tief als der des Familienoberhaupts, stand ein hübscher Louis-xv-Nähtisch.

»Soll ich sie rufen?«

»Ich würde lieber in einem anderen Zimmer mit ihr sprechen ...«

Saint-Hubert klopfte an eine Tür und verschwand für einen Augenblick. Er kam zurück, um Maigret zu holen, der in ein Schlafzimmer hineinblickte. Dort beugte sich ein Mann über eine im Bett liegende Frau.

Eine jüngere Frau kam auf den Kommissar zu und sagte leise:

»Bitte folgen Sie mir in mein früheres Zimmer.«

Es war ein Mädchenzimmer geblieben, in dem noch vieles aus ihrer Kindheit stand, Andenken, Krimskrams und Fotos, als sollte sie, wenn sie als verheiratete Frau zu ihren Eltern auf Besuch kam, die Umgebung ihrer Jugend wiederfinden.

»Sie sind Kommissar Maigret, nicht wahr?«

Er nickte.

»Rauchen Sie ruhig Ihre Pfeife ... Mein Mann raucht von morgens bis abends Zigaretten, außer natürlich am Bett seiner kleinen Patienten.«

Sie trug ein recht elegantes Kleid und war vor dem Theaterbesuch beim Friseur gewesen. Ihre Finger nestelten an einem Taschentuch herum.

»Sie bleiben lieber stehen?«

»Ja … Sie auch, nicht wahr?«

Sie ging ruhelos hin und her, ihr Blick machte nirgends halt.

»Ich weiß nicht, ob Sie sich vorstellen können, wie es sich anfühlt … Täglich erfährt man von Verbrechen, in den Zeitungen oder im Radio, aber dass einem selbst so etwas passiert, das kann man sich nicht vorstellen. Armer Papa!«

»Hingen Sie sehr an Ihrem Vater?«

»Er war ein außergewöhnlich gütiger Mensch. Ich war sein Ein und Alles, sein einziges Kind … Monsieur Maigret, Sie müssen herausfinden, wie das geschehen konnte! Und sie müssen es uns sagen. Ich werde den Gedanken nicht los, dass es sich um eine schreckliche Verwechslung handelt.«

»Meinen Sie, der Mörder könnte sich in der Etage geirrt haben?«

Sie blickte ihn an, als wollte sie nach einem Rettungsring greifen, aber dann schüttelte sie den Kopf.

»Nein, das kann nicht sein. Das Schloss wurde nicht aufgebrochen. Mein Vater hat die Tür bestimmt selbst geöffnet.«

Maigret rief:

»Lapointe, du kannst hereinkommen!«

Er stellte ihn vor, und Lapointe errötete, als er merkte, dass er sich im Zimmer eines jungen Mädchens befand.

»Erlauben Sie, dass ich Ihnen einige Fragen stelle. Wessen Idee war es, gestern Abend ins Theater zu gehen? Ihre oder die Ihrer Mutter?«

»Schwer zu sagen. Ich glaube, Maman hatte die Idee. Sie besteht darauf, dass ich manchmal ausgehe. Ich habe zwei Kinder, ein dreijähriges und ein kleines, zehn Monate. Wenn mein Mann nicht gerade Sprechstunde hat, wo ich ihn nicht zu Gesicht bekomme, dann ist er in der Klinik, oder er macht Patientenbesuche. Er geht ganz in seinem Beruf auf. Deshalb ruft mich Maman von Zeit zu Zeit an, zwei- bis dreimal im Monat, und schlägt vor, dass wir zusammen ausgehen.

Gestern Abend wurde ein Stück gegeben, das Maman und ich gern sehen wollten …«

»Ihr Mann hatte keine Zeit?«

»Er hätte erst um halb zehn Zeit gehabt. Das war zu spät. Außerdem macht er sich nichts aus Theater.«

»Wann sind Sie hergekommen?«

»Gegen halb neun.«

»Wo wohnen Sie?«

»Am Boulevard Brune, unweit der Cité Universitaire.«

»Haben Sie ein Taxi genommen?«

»Nein. Mein Mann hat mich in seinem Wagen hergebracht. Er konnte es zwischen zwei Patientenbesuchen einrichten.«

»Ist er mit heraufgekommen?«

»Nein, er hat mich unten abgesetzt.«

»Hatte er vor, dann noch einmal zurückzukehren?«

»Es war wie immer, wenn meine Mutter und ich ausgingen. Paul – so heißt mein Mann – kam zu meinem Vater, wenn er seine Hausbesuche erledigt hatte, und dann spielten die beiden Schach oder sahen fern, bis wir wiederkamen.«

»Und so war es auch gestern Abend?«

»Nach dem, was er mir eben gesagt hat, ja. Er ist kurz nach halb zehn gekommen. Sie haben eine Partie begonnen. Aber dann bekam mein Mann einen Anruf …«

»Wann?«

»Er konnte es mir noch nicht genauer sagen. Er ist jedenfalls gegangen, und als Maman und ich nach Hause kamen, bot sich uns dieser entsetzliche Anblick.«

»Wo war Ihr Mann zu dem Zeitpunkt?«

»Ich habe ihn sofort bei mir zu Hause angerufen, und Germaine, unser Hausmädchen, hat gesagt, er sei noch nicht zurück.«

»Sie sind nicht auf die Idee gekommen, die Polizei zu benachrichtigen?«

»Ich weiß nicht … Maman und ich waren ganz durcheinander. Wir konnten es nicht fassen … Wir brauchten einen Rat von jemandem, und da kam mir in den Sinn, Doktor Larue anzurufen … Er ist Papas Arzt und zugleich unser Freund …«

»Waren Sie nicht erstaunt, dass Ihr Mann nicht hier war?«

»Ich dachte mir, dass ein Notfall ihn festgehalten hat … Als dann Doktor Larue hier war, habe ich in der Klinik angerufen. Dort habe ich ihn erreicht.«

»Wie hat er reagiert?«

»Er hat gesagt, er würde sofort kommen … Doktor Larue hatte inzwischen die Polizei benachrichtigt … Ob ich die Reihenfolge richtig wiedergebe, weiß ich nicht … Ich habe mich ja gleichzeitig um Maman gekümmert. Sie war vollkommen außer sich.«

»Wie alt ist sie?«

»Einundfünfzig. Sie ist viel jünger als Papa. Er hat erst spät geheiratet, mit fünfunddreißig.«

»Könnten Sie nun Ihren Mann zu mir hereinbitten?«

Durch die offene Tür hörte Maigret Stimmen im Wohnzimmer. Es waren Staatsanwalt Mercier und Etienne Gossard, ein junger Untersuchungsrichter, der wie alle anderen aus dem Bett geholt worden war. Bald würden auch die Männer vom Erkennungsdienst im Wohnzimmer auftauchen.

»Sie möchten mich sprechen?«

Der Mann war jung, mager, nervös. Seine Frau war mit ihm zurückgekommen und fragte schüchtern:

»Darf ich dableiben?«

Maigret nickte.

»Wie ich gehört habe, sind Sie gegen halb zehn hier eingetroffen, Herr Doktor.«

»Ja, vielleicht etwas später, aber nicht viel.«

»Waren Sie mit Ihrer Arbeit fertig?«

»Das dachte ich, aber in meinem Beruf ist man nie sicher.«

»Wenn Sie aus Ihrer Wohnung gehen, hinterlassen Sie vermutlich der Hausangestellten eine Adresse, wo man Sie erreichen kann?«

»Germaine wusste, dass ich hier war.«

»So heißt das Mädchen?«

»Ja. Sie kümmert sich auch um die Kinder, wenn meine Frau nicht zu Hause ist.«

»Welchen Eindruck hat Ihr Schwiegervater auf Sie gemacht?«

»Er war wie immer. Er sah fern, aber da das Programm nicht interessant war, schlug er vor, dass wir Schach spielen. Wir haben eine Partie angefangen. Um Viertel nach zehn klingelte das Telefon.«

»War der Anruf für Sie?«

»Ja. Germaine sagte mir, ich solle zu einem Notfall in die Rue Julie Nummer achtundzwanzig fahren. Die Straße liegt in meinem Viertel … Sie hatte den Namen nicht richtig verstanden, Lesage oder Lechat, vielleicht auch Lachat … Die Person, die angerufen hatte, schien sehr erregt gewesen zu sein.«

»Sind Sie sofort aufgebrochen?«

»Ja. Ich habe zu meinem Schwiegervater gesagt, dass ich noch einmal wiederkomme, wenn es bei dem Patienten nicht allzu lange dauert. Andernfalls würde ich direkt nach Hause fahren … Das war mein Plan. Ich muss sehr früh aufstehen, wegen der Klinik.«

»Wie lange sind Sie bei dem Patienten geblieben?«

»Es gab dort gar keinen Patienten. Ich habe die Concierge gefragt. Die hat mich überrascht angesehen und geantwortet, dass in dem Haus niemand wohnt, der Lesage oder Lachat oder so ähnlich heißt. Und sie wusste auch nichts von einem kranken Kind.«

»Was haben Sie da getan?«

»Ich habe darum gebeten, von ihr aus zu Hause anrufen zu dürfen, und dann habe ich Germaine noch einmal gefragt … Sie hat wiederholt, es sei bestimmt jemand aus dem Haus Nummer achtundzwanzig gewesen. Für alle Fälle habe ich noch bei den Häusern achtzehn und achtunddreißig geklingelt. Auch dort ohne Erfolg. Da ich nun schon unterwegs war, bin ich noch schnell in die Klinik gefahren, um nach einem kleinen Patienten zu sehen, der mir Sorgen macht.«

»Wie spät war es da?«

»Ich weiß es nicht. Ich habe fast eine halbe Stunde am Bett des Kindes gesessen und dann mit einer der

Schwestern eine Runde durch die Krankenzimmer gemacht. Schließlich hat man mich ans Telefon geholt, weil meine Frau am Apparat war.«

»Sie waren der Letzte, der Monsieur Josselin lebend gesehen hat. Er wirkte doch nicht besorgt?«

»Nein, überhaupt nicht. Als er mich zur Tür brachte, hat er gesagt, er wolle die Partie allein zu Ende spielen. Ich habe gehört, wie er die Kette eingehängt hat.«

»Sind Sie sich da ganz sicher?«

»Es war das typische Geräusch der Kette. Das könnte ich schwören.«

»Sodass er aufstehen musste, um seinem Mörder die Tür zu öffnen … Sagen Sie, Madame, als Sie mit Ihrer Mutter zurückkamen, war die Kette wohl nicht eingehängt?«

»Wie hätten wir sonst hereinkommen können?«

Der Arzt rauchte in kurzen schnellen Zügen, steckte sich die nächste Zigarette an, bevor die eine zu Ende geraucht war, starrte mal den Teppich und mal den Kommissar unruhig an. Er wirkte wie jemand, der sich vergeblich bemüht, ein Problem zu lösen. Seine Frau war nicht weniger erregt.

»Ich muss diese Fragen morgen leider noch einmal genauer durchgehen.«

»Ich verstehe.«

»Jetzt sollte ich erst einmal mit den Herren von der Staatsanwaltschaft sprechen.«

»Wird der Leichnam fortgebracht?«

»Daran führt kein Weg vorbei …«

Niemand sprach das Wort Autopsie aus, aber man merkte der jungen Frau an, dass sie daran dachte.

»Gehen Sie zu Ihrer Mutter zurück. Ich spreche nachher mit ihr, werde sie aber nur möglichst kurz belästigen.«

Im Wohnzimmer gab Maigret mechanisch allen die Hand und begrüßte die Männer vom Erkennungsdienst, die ihre Apparate aufstellten.

Der Untersuchungsrichter fragte besorgt:

»Was meinen Sie, Maigret?«

»Nichts.«

»Finden Sie es nicht merkwürdig, dass der Schwiegersohn gerade an diesem Abend zu einem Kranken gerufen wurde, der gar nicht existiert? Wie verstand er sich mit seinem Schwiegervater?«

»Ich weiß es nicht.«

Er hasste solche Fragen. Noch wusste keiner von denen, die sich mit dem Fall befassten, etwas vom privaten Leben dieser Familie. Der Inspektor, den Maigret bei der Concierge in der Loge gesehen hatte, kam mit einem Notizbuch in der Hand auf Maigret und Saint-Hubert zu.

»Die Concierge ist fest davon überzeugt, dass sie sich nicht irrt«, sagte er. »Ich vernehme sie schon seit fast einer Stunde. Sie ist eine intelligente junge

Frau, ihr Mann ist bei der Schutzpolizei, er hat heute Nacht Dienst.«

»Was sagt sie?«

»Um fünf nach halb zehn hat sie Doktor Fabre die Tür aufgemacht. Sie weiß es so genau, weil sie sich gerade ins Bett legen wollte und den Wecker aufzog. Sie geht immer zeitig schlafen, weil ihr Baby, es ist erst drei Monate alt, sehr früh morgens seine Flasche haben will.

Sie war schon eingeschlafen, als es um Viertel nach zehn klingelte. Sie hat Doktor Fabres Stimme genau erkannt, er hat beim Vorbeigehen seinen Namen genannt.«

»Wie viele Personen sind danach ins Haus gekommen und hinausgegangen?«

»Warten Sie. Sie hat versucht, wieder einzuschlafen, und als es ihr fast gelungen war, hat es wieder geklingelt, dieses Mal von draußen. Der Mann, der hereinkam, hat seinen Namen genannt: Aresco. So heißt die südamerikanische Familie aus dem ersten Stock. Dann ist ihr Baby wach geworden. Sie hat vergeblich versucht, es wieder zum Schlafen zu bringen und ihm schließlich Zuckerwasser warm gemacht. Bis Madame Josselin und ihre Tochter zurückkehrten, ist weder jemand ins Haus hineingekommen noch hinausgegangen.«

Der Staatsanwalt und der Untersuchungsrichter warfen sich einen ernsten Blick zu.

»Mit anderen Worten«, sagte der Richter, »Doktor Fabre war der Letzte, der das Haus verlassen hat?«

»Madame Bonnet, die Concierge, ist sich ganz sicher. Wenn sie geschlafen hätte, würde sie das nicht so felsenfest behaupten. Sie war wegen des Babys die ganze Zeit auf …«

»Auch noch, als die beiden Damen zurückkamen? Das Kind ist also zwei Stunden lang wach gewesen?«

»So scheint es zu sein, ja. Sie war deswegen sogar besorgt und hat es bedauert, dass sie Doktor Fabre nicht hat wiederkommen sehen, denn sie hätte gern seinen Rat eingeholt.«

Fragende Blicke trafen Maigret, und er machte ein verdrießliches Gesicht.

»Hat man die Patronenhülsen gefunden?«, erkundigte er sich bei einem der Männer vom Erkennungsdienst.

»Zwei Stück, Kaliber 6,35. Können wir die Leiche jetzt wegbringen?«

Die Männer in ihren weißen Kitteln warteten mit der Bahre. In dem Augenblick, da René Josselin, bedeckt von einem Laken, aus seiner Wohnung getragen wurde, betrat seine Tochter leise den Raum. Ihr Blick kreuzte den des Kommissars, der auf sie zuging.

»Aus welchem Grund?«

Sie antwortete nicht sofort. Sie blickte den Trägern und der Bahre nach. Erst als sich die Tür wieder geschlossen hatte, murmelte sie wie im Traum:

»Mir ist etwas eingefallen … Warten Sie …«

Sie ging zu einer antiken Kommode zwischen den beiden Fenstern und zog die obere Schublade auf.

»Was suchen Sie?«

Ihre Lippen zitterten, und sie sah Maigret mit starrem Blick an.

»Die Pistole …«

»Lag in dieser Schublade eine Pistole?«

»Schon seit Jahren … Als ich klein war, war sie immer abgeschlossen.«

»Was für eine Pistole?«

»Sie war bläulich, sehr flach, trug ein belgisches Firmenzeichen …«

»Eine Browning 6,35?«

»Ich glaube, ja … Aber ich bin nicht ganz sicher. Das Wort Herstal war eingraviert und ein paar Ziffern.«

Die Männer blickten sich erneut an, denn die Beschreibung passte genau auf eine Browning Kaliber 6,35.

»Wann haben Sie die Waffe zum letzten Mal gesehen?«

»Das ist länger her, Wochen oder sogar Monate … Vermutlich an einem Abend, als wir Karten spielten, denn die Karten lagen in derselben Schublade, und da liegen sie noch … Hier hat schon immer alles seinen festen Platz …«

»Aber die Pistole ist nicht mehr da.«

»Nein.«

»Also muss derjenige, der sie benutzt hat, gewusst haben, wo sie war?«

»Vielleicht hat mein Vater, um sich zu verteidigen …«

Man sah die Angst in ihren Augen.

»Haben Ihre Eltern keine Hausangestellte?«

»Sie hatten eine, aber die hat vor einem halben Jahr geheiratet. Sie haben es dann noch mit zwei anderen versucht. Aber Maman war mit beiden nicht zufrieden und hat deshalb lieber eine Putzfrau eingestellt, Madame Manu … Sie kommt morgens um sieben und geht um acht Uhr abends.«

Das alles war ganz normal und natürlich, abgesehen davon, dass der friedliche Mann, der sich vor Kurzem aus seinem Geschäft zurückgezogen hatte, in seinem Sessel ermordet worden war.

Irgendwelche Teile in dieser Tragödie passten nicht zusammen.

»Wie geht es Ihrer Mutter?«

»Doktor Larue hat darauf bestanden, dass sie sich hinlegt. Sie sagt kein Wort und starrt vor sich hin, als wäre sie nicht bei Bewusstsein. Sie hat nicht geweint, wirkt abwesend … Der Arzt möchte ihr ein Schlafmittel geben und bittet Sie dafür um Erlaubnis. Sie sollte unbedingt schlafen. Darf er?«

Warum nicht? Durch ein paar Fragen an Madame Josselin würde Maigret die Wahrheit auch nicht herausbekommen.

»Bitte sehr«, antwortete er.

Die Männer vom Erkennungsdienst arbeiteten immer noch mit ihrer üblichen Gewissenhaftigkeit und Ruhe. Der Staatsanwalt verabschiedete sich.

»Kommen Sie mit, Gossard? Steht Ihr Wagen unten?«

»Nein, ich bin mit dem Taxi gekommen.«

»Wenn Sie wollen, fahre ich Sie nach Hause.«

Auch Saint-Hubert ging, nachdem er Maigret zugeflüstert hatte:

»Es war doch richtig, dass ich Sie angerufen habe?«

Der Kommissar nickte und setzte sich in einen Sessel.

»Mach doch bitte das Fenster auf«, sagte er zu Lapointe.

Es war heiß in dem Zimmer, und plötzlich überraschte es ihn, dass Josselin trotz der noch sommerlichen Temperatur den Abend bei geschlossenen Fenstern zugebracht haben sollte.

»Ruf einmal den Schwiegersohn herein.«

»Sofort, Chef.«

Er erschien gleich darauf. Er sah sehr erschöpft aus.

»Sagen Sie, Herr Doktor, waren die Fenster offen oder geschlossen, als Sie Ihren Schwiegervater verließen?«

Er dachte nach und blickte dabei zu den beiden Fenstern, deren Vorhänge zugezogen worden waren.

»Warten Sie … Ich weiß es nicht … Ich versuche mich zu erinnern … Hier habe ich gesessen … Waren da nicht Lichter zu sehen? … Ja … ich könnte schwören, dass das linke Fenster offen stand … Ich habe deutlich den Lärm aus der Stadt gehört …«

»Haben Sie das Fenster geschlossen, bevor Sie gingen?«

»Warum hätte ich das tun sollen?«

»Das weiß ich nicht.«

»Nein … Auf die Idee wäre ich nicht gekommen … Sie dürfen nicht vergessen, dass ich hier ja nicht zu Hause bin.«

»Waren Sie oft hier?«

»Etwa einmal in der Woche. Véronique hat ihre Eltern öfter besucht. Sagen Sie … Meine Frau möchte heute Nacht hierbleiben, aber ich würde gern zum Schlafen nach Hause fahren. Wir lassen die Kinder nie die ganze Nacht mit dem Mädchen allein. Außerdem muss ich morgen schon um sieben in der Klinik sein.«

»Warum gehen Sie dann nicht einfach?«

Diese Antwort überraschte ihn, als hielte er sich selbst für tatverdächtig.

»Vielen Dank.«

Man hörte ihn im Nebenzimmer mit seiner Frau sprechen, dann durchquerte er, ohne Hut, mit seiner Tasche in der Hand, das Wohnzimmer und verabschiedete sich etwas verlegen.

2

Als die drei Männer das Haus verließen, blieben nur Madame Josselin und ihre Tochter in der Wohnung zurück. Das Baby der Concierge schien nach einer unruhigen Nacht endlich eingeschlafen zu sein, denn die Loge war dunkel, und Maigret hatte einen Augenblick gezögert, auf den Klingelknopf zu drücken.

»Was halten Sie davon, Herr Doktor, wenn wir noch auf ein Glas gehen?«

Lapointe, der gerade die Tür des schwarzen Wagens öffnen wollte, ließ seine Hand sinken. Doktor Larue sah auf seine Uhr, als bestimmte sie, was er antworten sollte.

»Ich trinke gern einen Kaffee mit Ihnen«, sagte er in dem ernsten, ein wenig öligen Ton, in dem er zu seinen Patienten sprach. »An der Kreuzung Montparnasse gibt es bestimmt eine Bar, die auf ist.«

Der Morgen dämmerte noch nicht. Die Straßen waren fast leer. Maigret blickte zum dritten Stock hinauf und sah, wie das Licht im Wohnzimmer ausging. Eines der Fenster blieb offen.

Würde Véronique Fabre sich in ihrem alten

Zimmer nun ausziehen und hinlegen? Oder würde sie am Bett ihrer Mutter sitzen, die nach der Spritze des Arztes eingeschlafen war? Was mochte sie denken, in diesen plötzlich stillen, verlassenen Zimmern, durch die sich kurz zuvor noch so viele fremde Menschen bewegt hatten?

»Nimm du den Wagen«, sagte der Kommissar zu Lapointe.

Larue und Maigret brauchten nur durch die Rue Vavin zu gehen. Der Arzt war ein ziemlich kleiner, rundlicher Mann mit breiten Schultern, der seine würdevolle Ruhe und Sanftheit vermutlich nie verlor. Man spürte, dass er den Umgang mit wohlerzogenen, gut situierten und empfindsamen Patienten gewohnt war, deren Ton und Manieren er angenommen hatte und manchmal sogar noch ein wenig übertrieb.

Obwohl er um die fünfzig war, verrieten seine blauen Augen eine gehörige Portion Naivität, vielleicht auch die Furcht, jemanden zu verletzen. Maigret erfuhr erst später, dass er jedes Jahr im Salon des Peintres-Médecins eigene Bilder ausstellte.

»Kennen Sie die Josselins schon lange?«

»Seit ich in das Viertel gezogen bin, also seit über zwanzig Jahren. Véronique war damals noch ein kleines Mädchen. Wenn ich mich nicht täusche, wurde ich ihretwegen zum ersten Mal gerufen, als sie die Masern hatte.«

Es war kühl und etwas feucht. Um die Gaslaternen lag ein diesiger Schein. Mehrere Wagen standen vor einem Kabarett an der Ecke Boulevard Raspail; der uniformierte Türsteher am Eingang hielt die beiden Männer für mögliche Gäste, und indem er die Tür für sie aufstieß, entließ er einen Schwall Musik ins Freie. Lapointe, der ihnen im Schritttempo gefolgt war, lenkte das kleine Auto an den Straßenrand.

Die Nacht am Montparnasse war noch nicht ganz zu Ende. Neben einem Hotel an eine Hauswand gelehnt, stritt sich ein Paar halblaut. Wie der Arzt es vorausgesehen hatte, brannte in der Bar noch Licht, und schemenhaft waren einige Gestalten zu erkennen. An der Theke stand eine alte Blumenverkäuferin und trank einen Kaffee, der stark nach Rum roch.

»Ich nehme einen Cognac mit Wasser«, sagte Maigret.

Der Arzt zögerte.

»Also dann, für mich das Gleiche.«

»Und du, Lapointe?«

»Für mich auch, Chef.«

»Drei Cognac mit Wasser, bitte!«

Sie setzten sich an einen Tisch am Fenster und begannen leise miteinander zu sprechen, während sich um sie herum das stille nächtliche Treiben fortsetzte. Larue sagte voller Überzeugung:

»Es sind brave Leute. Es hat nicht lang gedauert, und wir haben uns angefreundet. Meine Frau und ich waren öfter bei ihnen zum Abendessen.«

»Sind die Josselins reich?«

»Das kommt darauf an, was man darunter versteht. Sie sind bestimmt recht wohlhabend. Schon René Josselins Vater besaß eine kleine Kartonagenfabrik in der Rue du Saint-Gothard, es war eine einfache Werkstatt mit großen Glasfenstern, in einem Hinterhof. Er hat dort so an die zehn Arbeiterinnen beschäftigt. Als René die Firma erbte, hat er alles modernisiert. Er hatte Geschmack und immer gute Ideen. Deshalb konnte er rasch namhafte Hersteller von Parfums und anderen Luxusartikeln als Kunden gewinnen.«

»Er hat, glaube ich, erst spät geheiratet, mit fünfunddreißig?«

»Ja, das stimmt. Er wohnte sehr lange über der Werkstatt bei seiner Mutter, in der Rue du Saint-Gothard. Der Mutter ging es gesundheitlich immer schlecht. Er hat mir gegenüber keinen Hehl daraus gemacht, dass er ihretwegen nicht früher geheiratet hat. Er wollte sie nicht allein lassen, mochte aber auch einer jungen Frau nicht zumuten, mit einer Kranken zusammenzuwohnen. Er hat viel gearbeitet und nur für seine Firma gelebt.«

»Santé!«

»Santé!«

Lapointe hörte dem Gespräch sehr genau zu, mit vor Müdigkeit geröteten Augen.

»Ein Jahr nach dem Tod seiner Mutter hat er geheiratet und ist in die Rue Notre-Dame des Champs gezogen.«

»Was wissen Sie über seine Frau?«

»Ihr Mädchenname ist Francine de Lancieux, die Tochter eines Oberst a.D. Ich glaube, ihre Eltern wohnten ein paar Häuser weiter in der Rue du Saint-Gothard oder in der Rue Dareau, und so ist Josselin ihr begegnet. Sie muss damals zweiundzwanzig Jahre alt gewesen sein.«

»Haben die beiden sich gut verstanden?«

»Sie waren eins der innigsten Paare, die ich je gesehen habe. Sie bekamen schon sehr bald eine Tochter, Véronique, Sie haben sie vorhin kennengelernt. Sie wünschten sich dann noch einen Sohn, aber eine schwere Operation hat diese Hoffnung zunichtegemacht.«

Brave Leute, das hatte erst der Polizeikommissar und dann der Arzt gesagt. Leute, fast ohne Geschichte, die in begüterten, behaglichen Umständen lebten.

»Sie sind in der vergangenen Woche aus La Baule zurückgekehrt … Dort haben sie sich, als Véronique noch ganz klein war, eine Villa gekauft und sind jedes Jahr hingefahren. Seit Véronique selbst Mutter ist, kamen auch die Kinder mit.«

»Und der Mann?«

»Doktor Fabre? Ich weiß nicht, ob er Urlaub genommen hat. Wenn, dann bestimmt nicht länger als eine Woche. Vielleicht hat er sie zwei- oder dreimal übers Wochenende besucht. Er widmet sein Leben ganz der Medizin und seinen Patienten, er ist so eine Art weltlicher Heiliger. Als er Véronique kennenlernte, war er schon Arzt am Kinderkrankenhaus. Wenn er nicht geheiratet hätte, hätte er sich wahrscheinlich mit einer Laufbahn in der Klinik begnügt und sich nicht um Privatpatienten bemüht.«

»Glauben Sie, dass seine Frau ihn dazu gedrängt hat, eine Praxis zu eröffnen?«

»Ich verrate kein Berufsgeheimnis, wenn ich diese Frage beantworte. Fabre selbst spricht ganz offen darüber. Mit der Arbeit in der Klinik allein hätte er seine Familie kaum über die Runden bringen können. Sein Schwiegervater wollte, dass er sich eine Praxis kaufte, und hat ihm die Mittel dafür vorgeschossen. Sie haben Doktor Fabre ja gesehen. Um seine äußere Erscheinung oder Annehmlichkeiten kümmert er sich nicht. Meistens trägt er zerknitterte Anzüge, und wenn er ganz auf sich gestellt wäre, würde er vielleicht vergessen, die Wäsche zu wechseln.«

»Verstand er sich gut mit Josselin?«

»Sie schätzten einander. Josselin war ziemlich

stolz auf seinen Schwiegersohn, und außerdem waren sie beide begeisterte Schachspieler.«

»War Josselin wirklich krank?«

»Ich habe ihm dringend geraten, weniger zu arbeiten. Er ist immer dick gewesen, eine Zeit lang wog er fast hundertzehn Kilo. Und trotzdem hat er täglich zwölf, dreizehn Stunden gearbeitet. Das Herz hat nicht mehr mitgemacht. Vor zwei Jahren hatte er einen Infarkt. Der verlief zwar einigermaßen glimpflich, aber es war doch ein Alarmzeichen.

Ich habe ihm geraten, die Arbeit an jemanden zu übertragen und selbst die Oberaufsicht zu behalten, damit er beschäftigt blieb.

Zu meiner großen Überraschung wollte er die Firma lieber ganz aufgeben. Er hat gesagt, er will keine halben Sachen machen.«

»Hat er die Fabrik verkauft?«

»Ja, an zwei seiner Angestellten. Da die nicht genug Geld hatten, blieb er noch einige Jahre Teilhaber. Ich weiß nicht genau, wie lang.«

»Womit hat er sich in den zwei Jahren beschäftigt?«

»Vormittags machte er einen Spaziergang im Jardin du Luxembourg, ich habe ihn dort oft gesehen. Er ging sehr langsam und übervorsichtig, so wie viele Herzkranke, letztlich hat er übertrieben, was seine Verfassung anging. Und er las. Sie haben ja seine Bibliothek gesehen. Er hat nie Zeit gehabt zum Lesen. Aber auf seine alten Tage entdeckte er plötzlich die Literatur und redete darüber mit großer Begeisterung.«

»Und seine Frau?«

»Trotz des Hausmädchens und der Putzfrau, die sie jetzt hat, nachdem sie beschlossen haben, keine ständig anwesenden Angestellten mehr zu nehmen, kümmert sie sich selbst wie eh und je um den Haushalt. Außerdem besucht sie fast jeden Tag ihre Enkel am Boulevard Brune und fährt mit dem älteren im Wagen zum Parc Montsouris ...«

»Es muss Sie überrascht haben zu erfahren, was geschehen ist.«

»Ich kann es noch immer kaum glauben. Ich habe bei meinen Patienten schon einige Tragödien erlebt. Nicht viele, aber doch manche. Sie waren in gewisser Weise zu erwarten. Verstehen Sie, was ich meine? Immer gab es hinter dem äußeren Anschein etwas wie einen Riss, irgendetwas Verstörendes. Aber hier ... ich kann nur mutmaßen.«

Maigret bedeutete dem Kellner nachzuschenken.

»Madame Josselins Reaktion beunruhigt mich«, fuhr der Arzt fort, immer noch in salbungsvollem Ton.

»Genauer gesagt, das Fehlen jeglicher Reaktion, ihre völlige Teilnahmslosigkeit. Ich konnte ihr in der Nacht kein einziges Wort entlocken. Sie hat uns angeblickt, ihre Tochter, ihren Schwiegersohn und mich, als würde sie uns gar nicht sehen. Sie hat nicht eine Träne vergossen. In ihrem Zimmer waren die Geräusche im Wohnzimmer zu hören. Mit etwas Phantasie konnte man leicht erraten, was dort vor sich ging. Die Blitzlichter der Fotografen zum Beispiel, und dann, als der Leichnam hinausgetragen wurde …

Ich nahm an, dass sie wenigstens in diesem Augenblick reagieren, vielleicht aus dem Zimmer stürzen würde. Sie war bei Bewusstsein, aber sie hat sich nicht gerührt, ist nicht einmal zusammengezuckt …

Da verbringt sie den größten Teil ihres Lebens mit einem Menschen, kommt abends aus dem Theater zurück, und plötzlich steht sie ganz allein da …

Ich frage mich, wie sie zurechtkommen soll.«

»Glauben Sie, dass ihre Tochter sie bei sich aufnimmt?«

»Das wird kaum möglich sein. Die Fabres wohnen in einem dieser neuen Häuser, wo die Wohnungen ziemlich klein sind. Sicher, sie liebt ihre Tochter und ist verrückt nach den Enkelkindern, aber dass sie immer bei ihnen leben möchte, kann ich mir nicht vorstellen … Nun muss ich aber gehen. Meine Patienten erwarten mich morgen früh … Nicht doch! Lassen Sie das …«

Er hatte sein Portemonnaie aus der Tasche gezogen. Der Kommissar war jedoch schneller gewesen.

Leute kamen aus dem Kabarett nebenan. Es war

eine ganze Gruppe von Musikern und Tänzerinnen, sie warteten aufeinander oder wünschten sich eine gute Nacht, und man hörte auf dem Gehsteig das Geklapper hoher Absätze.

Lapointe setzte sich ans Steuer neben Maigret, dessen Gesicht völlig ausdruckslos war.

»Zu Ihnen?«

»Ja.«

Sie schwiegen eine ganze Weile, während sie durch die stillen Straßen fuhren.

»Heute in aller Frühe soll jemand in die Rue Notre-Dame des Champs gehen und die Mieter vernehmen, sobald sie aufgestanden sind. Vielleicht hat jemand die Schüsse gehört und sich keine weiteren Gedanken gemacht, weil er glaubte, es sei ein Reifen geplatzt … Außerdem möchte ich wissen, wie die Mieter den Abend ab halb zehn verbracht haben.«

»Ich übernehme das, Chef.«

»Nein, du gehst schlafen, wenn du die Anweisung weitergegeben hast. Sollte Torrence frei sein, schick ihn in die Rue Julie zu den drei Häusern, wo Doktor Fabre angeblich geklingelt hat.«

»Verstanden.«

»Vorsichtshalber sollte auch überprüft werden, wann er in die Klinik gekommen ist.«

»Ist das alles?«

»Ja … Ja und ein … Ich fürchte, ich habe irgendetwas übersehen, aber seit mindestens einer Viertelstunde frage ich mich, was … Ich hatte dieses Gefühl mehrmals im Laufe des Abends … Einmal ist mir ein bestimmter Gedanke gekommen, eigentlich kein wirklicher Gedanke, als mich jemand angesprochen hat, ich glaube, es war Saint-Hubert … Ich habe geantwortet, und dann fiel mir dieser Gedanke nicht mehr ein …«

Sie erreichten den Boulevard Richard-Lenoir. Im Schlafzimmer stand immer noch das Fenster offen, so wie das Fenster im Wohnzimmer der Josselins offen geblieben war, nachdem die Vertreter der Justiz die Wohnung verlassen hatten.

»Gute Nacht, mein Lieber.«

»Gute Nacht, Chef.«

»Ich bin bestimmt nicht vor zehn Uhr im Büro.«

Schwerfällig stieg er die Treppe hinauf, wobei ihm viele Gedanken durch den Kopf gingen, und als er oben ankam, hatte Madame Maigret im Nachthemd schon die Tür geöffnet.

»Bist du nicht sehr müde?«

»Ich glaube nicht, nein.«

Er war nicht müde, eher bedrückt und ein wenig traurig, als ginge ihn die Tragödie in der Rue Notre-Dame des Champs persönlich an. Der Arzt mit dem pausbäckigen Gesicht hatte es richtig gesagt: Die Josselins waren keine Leute, bei denen man mit einer Tragödie rechnen musste.

Er erinnerte sich an die jeweiligen Reaktionen von Véronique, ihrem Mann, Madame Josselin, die er noch gar nicht kennengelernt und die zu sehen er nicht einmal gebeten hatte.

Die ganze Sache hatte etwas Unangenehmes. Es war ihm zum Beispiel unangenehm, Doktor Fabres Aussagen nachprüfen zu müssen, als wäre er ein Verdächtiger.

Und doch musste man, wenn man sich an die Tatsachen hielt, auch an den Doktor denken. Der Staatsanwalt und Untersuchungsrichter Gossard hatten bestimmt auch an ihn gedacht und nur darum nichts gesagt, weil ihnen diese Geschichte ebenso unangenehm war wie Maigret.

Wer wusste denn, ob die beiden Frauen, Mutter und Tochter, gestern Abend wirklich im Theater gewesen waren? Sicherlich nur wenige Menschen, und bisher war noch keiner erwähnt worden.

Fabre war um ungefähr halb zehn in der Wohnung erschienen und hatte begonnen, mit seinem Schwiegervater eine Partie Schach zu spielen.

Er hatte einen Anruf von zu Hause bekommen und ihm wurde mitgeteilt, in der Rue Julie erwarte ihn ein krankes Kind. Das war nichts Außergewöhnliches. Wahrscheinlich wurde er wie alle Ärzte oft auf diese Weise gestört.

War es nicht trotzdem ein verwirrender Zufall, dass ausgerechnet an diesem Abend das Mädchen den Namen nicht richtig verstanden hatte? Und dass sie den Arzt zu einem Haus schickte, wo ihn niemand brauchte?

Statt in die Rue Notre-Dame des Champs zurückzukehren, um die Schachpartie zu Ende zu spielen und auf seine Frau zu warten, war Fabre in die Klinik gefahren. Auch das geschah vermutlich öfter und war typisch für ihn.

Ein einziger Mieter kehrte in der fraglichen Zeit ins Haus zurück und nannte seinen Namen, als er an der Loge vorüberging. Die Concierge stand wenig später auf und konnte versichern, danach sei niemand mehr hereingekommen oder hinausgegangen.

»Schläfst du?«

»Noch nicht.«

»Willst du wirklich schon um neun Uhr aufstehen?«

»Ja.«

Er fand lange nicht in den Schlaf. Immer wieder sah er die dürre Gestalt des Kinderarztes vor sich, mit seinem zerknitterten Anzug und den glänzenden Augen eines Menschen, der nicht genug schläft.

Wusste er, dass er verdächtig war? Und hatten seine Frau und seine Schwiegermutter daran gedacht?

Statt sofort die Polizei zu benachrichtigen, als sie die Leiche entdeckten, hatten sie in der Wohnung am Boulevard Brune angerufen. Nun wussten sie aber nichts von der Geschichte mit der Rue Julie. Und sie wussten auch nicht, warum Fabre die Wohnung in der Rue Notre-Dame des Champs verlassen hatte.

Ihnen war nicht gleich der Gedanke gekommen, dass Fabre in der Klinik sein könnte, und sie hatten sich an den Hausarzt, Doktor Larue, gewandt.

Was hatten sie zueinander gesagt, während sie mit der Leiche allein in der Wohnung waren? War Madame Josselin zu dem Zeitpunkt schon völlig teilnahmslos gewesen? Hatte Véronique alle notwendigen Entscheidungen allein getroffen, während ihre Mutter mit abwesendem Blick stumm dasaß?

Larue war gekommen und hatte gleich begriffen, dass es ein Fehler oder unklug gewesen war, nicht sofort die Polizei zu alarmieren. Er hatte dann das Kommissariat von dem Mord in Kenntnis gesetzt.

Das alles hätte Maigret gern selbst miterlebt. So musste er jeden Augenblick der Nacht Stück für Stück rekonstruieren.

Wer hatte an die Klinik gedacht, und wer hatte zum Telefonhörer gegriffen? Larue? Véronique?

Wer hatte sich davon überzeugt, dass in der Wohnung nichts fehlte, es also kein Raubmord war?

Man führte Madame Josselin in ihr Schlafzimmer.

Larue blieb bei ihr und gab ihr schließlich mit Maigrets Genehmigung ein Schlafmittel.

Fabre eilte herbei, fand die Polizei bei seinem Schwiegervater und diesen tot in seinem Sessel.

Und doch, dachte Maigret, ehe er endlich einschlief, war es seine Frau, die mir von der Pistole berichtet hat …

Hätte Véronique nicht die Schublade geöffnet, um nachzusehen, niemand hätte wohl von der Existenz der Waffe erfahren.

Aber war damit nicht ausgeschlossen, dass ein Fremder das Verbrechen begangen hatte?

Fabre behauptete, er habe gehört, wie sein Schwiegervater die Kette einhängte, nachdem er ihn um Viertel nach zehn zur Tür gebracht hatte.

Josselin hatte seinem Mörder also selbst aufgemacht. Vermutlich ahnte er nichts Böses, denn er setzte sich wieder in seinen Sessel.

Sollte das Fenster noch offen gestanden haben, was anzunehmen war, hatte jemand es wieder geschlossen, Josselin oder sein Besucher.

Und wenn die Browning wirklich die Mordwaffe war, dann hatte die Person genau gewusst, wo sie zu finden war, und konnte sie unbemerkt an sich nehmen.

Wenn jemand von draußen eingedrungen war, wie sollte er das Gebäude wieder verlassen haben?

Maigret schlief schließlich ein, wälzte sich aber

im Schlaf hin und her und war sehr erleichtert, als er den Duft von Kaffee roch, Madame Maigrets Stimme hörte und vor sich durch das offene Fenster die von der Sonne beschienenen Dächer sah.

»Es ist neun Uhr ...«

Sofort fielen ihm alle Einzelheiten des Falls wieder ein, als hätte er ununterbrochen darüber nachgedacht.

»Gib mir bitte das Telefonbuch.«

Er suchte die Nummer der Josselins heraus und wählte. Es dauerte eine ganze Weile, bis er endlich eine ihm unbekannte Stimme hörte.

»Ist dort die Wohnung von Monsieur René Josselin?«

»Ja, aber er ist gestorben.«

»Wer ist am Apparat?«

»Madame Manu, die Putzfrau.«

»Ist Madame Fabre noch da?«

»Wer spricht?«

»Kommissar Maigret von der Kriminalpolizei. Ich war letzte Nacht da.«

»Madame Fabre ist gerade nach Hause gefahren, um sich umzuziehen.«

»Und Madame Josselin?«

»Sie schläft noch. Sie hat ein Schlafmittel bekommen und wird wohl erst wieder aufwachen, wenn ihre Tochter zurückkommt.«

»Ist sonst jemand gekommen?«

»Nein, niemand. Ich bin dabei aufzuräumen. Ich ahnte ja nicht, als ich heute Morgen …«

»Ich danke Ihnen.«

Madame Maigret stellte keine Fragen, und er sagte nur:

»Ein braver Mann, der sich hat töten lassen, Gott weiß warum.«

Er hatte wieder Josselin in seinem Sessel vor Augen. Er strengte sich an, ihn nicht tot, sondern lebendig zu sehen. War er wirklich allein vor dem Schachbrett sitzen geblieben und hatte eine Weile die Partie weitergespielt, abwechselnd einen Zug mit Schwarz und einen mit Weiß?

Sollte er jemanden erwartet haben … Doch da er wusste, dass sein Schwiegersohn den Abend bei ihm verbringen würde, hatte er sich nicht heimlich verabreden können. Oder aber …

Man könnte fast annehmen, dass der Anruf, der Doktor Fabre in die Rue Julie rief …

»Es sind immer die braven Leute, die es uns besonders schwer machen«, murmelte er, als er sein Frühstück beendet hatte und ins Badezimmer ging.

Er fuhr nicht gleich zum Quai, sondern rief zunächst nur an, um sich zu vergewissern, dass er dort nicht gebraucht wurde.

»In die Rue du Saint-Gothard«, sagte er zu dem Taxifahrer.

Als Erstes wollte er sich ein Bild von Josselins

Leben machen. Gewiss, Josselin war das Opfer, aber niemand wird ohne Grund getötet.

In Paris herrschte immer noch Ferienstimmung. Die Stadt war zwar nicht mehr leer gefegt wie im August, doch in der Luft lag etwas Träges, Zögerliches, das alltägliche Leben kam nicht richtig in Gang. Wäre es kalt gewesen oder hätte es geregnet, es wäre einfacher gewesen. Aber in diesem Jahr konnte sich der Sommer nicht entschließen, das Feld zu räumen.

Der Taxifahrer drehte sich um, als er von der Rue Dareau unweit des Bahndamms abbog.

»Welche Nummer?«

»Ich weiß es nicht. Eine Kartonagenfabrik.«

Gleich hinter einer weiteren Biegung sahen sie ein großes Betongebäude mit Fenstern ohne Gardinen. Quer über der Fassade stand:

Kartonagen Josselin
Inhaber Jouane & Goulet

»Soll ich warten?«

»Ja.«

Es gab zwei Türen. Eine führte zu den Fabrikräumen, die andere ein Stück weiter zu den Büros. Durch letztere betrat Maigret das sehr moderne Gebäude.

»Sie wünschen?«

Eine junge Frau steckte den Kopf aus ihrem Glaskäfig und blickte ihn verwundert an. Maigret machte, wie immer am Anfang einer Untersuchung, ein mürrisches Gesicht und ließ die Blicke langsam umherschweifen, als wollte er sich alles genau einprägen.

»Wer leitet die Firma?«

»Die Herren Jouane und Goulet«, antwortete sie, als wäre das sonnenklar.

»Ich weiß, aber welcher der beiden ist der Chef?«

»Es kommt darauf an. Monsieur Jouane befasst sich vor allem mit den Entwürfen, Monsieur Goulet mit der Produktion und dem Verkauf.«

»Sind beide hier?«

»Monsieur Goulet ist im Urlaub. Was wünschen Sie?«

»Ich möchte Monsieur Jouane sprechen.«

»Wen darf ich melden?«

»Kommissar Maigret.«

»Haben Sie einen Termin?«

»Nein.«

»Einen Augenblick bitte.«

Sie erhob sich und sprach hinten im Glaskäfig mit einer jungen Frau in weißem Kittel, die, nachdem sie dem Besucher einen neugierigen Blick zugeworfen hatte, den Raum verließ.

»Sie holt ihn. Er ist gerade in der Fabrikhalle.«

Maigret hörte Maschinenlärm, und als sich eine

Seitentür öffnete, erblickte er eine ziemlich geräumige Halle, in der junge Mädchen und Frauen ebenfalls in weißen Kitteln nebeneinander arbeiteten, als stünden sie am Fließband.

»Sie wollten mich sprechen?«

Der Mann musste Mitte vierzig sein. Er war hochgewachsen und hatte ein offenes Gesicht. Auch er trug einen weißen Kittel, aufgeknöpft, sodass man den gut geschnittenen Anzug darunter sah.

»Folgen Sie mir bitte.«

Sie stiegen eine helle Holztreppe hinauf. Hinter einer Scheibe saßen ein halbes Dutzend Zeichner über ihre Arbeit gebeugt. Durch eine weitere Tür betraten sie ein helles Büro. In der Ecke tippte eine Sekretärin etwas auf der Schreibmaschine.

»Lassen Sie uns bitte allein, Mademoiselle Blanche.«

Er bat Maigret, Platz zu nehmen, setzte sich hinter seinen Schreibtisch und sah den Kommissar fragend und ein wenig beklommen an.

»Ich frage mich ...«, begann er.

»Sind Sie davon unterrichtet, dass Monsieur Josselin tot ist?«

»Was sagen Sie da? Monsieur Josselin ist tot? Wann ist das geschehen? Ist er schon von seiner Reise zurück?«

»Haben Sie ihn seit seiner Rückkehr aus La Baule nicht gesehen?«

»Nein. Er war noch nicht bei uns. Hatte er einen Herzanfall?«

»Er ist ermordet worden.«

»Wie bitte?«

Es war zu spüren, dass Jouane es kaum glauben konnte.

»Das ist doch nicht möglich. Wer sollte …«

»Er ist gestern Abend bei sich zu Hause mit zwei Pistolenschüssen getötet worden …«

»Wer hat das getan?«

»Das versuche ich herauszubekommen, Monsieur Jouane.«

»War seine Frau nicht bei ihm?«

»Sie war mit ihrer Tochter im Theater.«

Jouane war sichtlich entsetzt und senkte den Kopf.

»Armer Mann … Ich kann es nicht glauben …«

Dann mischte sich Empörung in sein Entsetzen.

»Aber wer sollte ein Interesse daran gehabt haben … Hören Sie, Herr Kommissar … Sie haben ihn nicht gekannt … Er war der beste Mensch der Welt … Er war wie ein Vater für mich, ja mehr als ein Vater … Als ich hier anfing, war ich sechzehn Jahre alt. Mein Vater war kurz zuvor gestorben … Meine Mutter Putzfrau … Ich habe als Botenjunge mit einem Lastenrad angefangen … Monsieur Josselin hat mir alles beigebracht, und er hat mich später zum Abteilungsleiter gemacht … Als er sich dann aus der Firma zurückziehen wollte, hat er Goulet und mich in sein Büro kommen lassen … Goulet hat hier als Arbeiter begonnen …

Er hat uns erklärt, dass sein Arzt ihm rate, weniger zu arbeiten, aber das sei ihm unmöglich … Nur für zwei oder drei Stunden täglich herzukommen, das war undenkbar für einen Mann wie ihn. Er war einer, der sich um alles kümmerte und fast täglich noch lange nach Feierabend weiterarbeitete.«

»Hatten Sie Angst, Ihnen würde jemand Fremdes als Chef vorgesetzt?«

»Allerdings. Für Goulet und mich war es wirklich eine Katastrophe. Wir haben uns entgeistert angesehen, während Monsieur Josselin verschmitzt lächelte … Sie wissen, was er getan hat?«

»Ich habe letzte Nacht davon gehört.«

»Wer hat es Ihnen gesagt?«

»Sein Arzt.«

»Wir hatten zwar beide einige Ersparnisse, aber bei Weitem nicht die Mittel, um eine Firma wie diese zu kaufen. Monsieur Josselin hat seinen Notar kommen lassen, und es wurde eine Möglichkeit gefunden, uns die Firma zu überlassen, gegen Ratenzahlungen über einen sehr langen Zeitraum. Natürlich ist die Firma noch längst nicht abbezahlt … Um genau zu sein, es liegen noch fast zwanzig Jahre vor uns.«

»Kam er trotzdem manchmal her?«

»Er hat uns besucht, sehr diskret, als hätte er Angst, uns zu stören. Er hat sich davon überzeugt, dass alles gut lief, dass wir zufrieden waren, und wenn wir ihn manchmal darum baten, gab er uns einen Rat wie jemand, der eigentlich kein Recht dazu hat.«

»Wissen Sie, ob er einen Feind hatte?«

»Nein, er hatte keinen. Er war nicht der Mensch, der sich Feinde macht. Alle liebten ihn. Sie können jeden in den Büros und Werkstätten fragen, was er von ihm dachte …«

»Sind Sie verheiratet, Monsieur Jouane?«

»Ja, ich bin verheiratet, habe drei Kinder, und wir wohnen in der Nähe von Versailles in einem Landhaus, das ich mir habe bauen lassen.«

Auch er ein braver Mann! Würde Maigret in diesem Fall nur braven Menschen begegnen? Der Gedanke ärgerte ihn fast, denn schließlich gab es einerseits einen Toten und andererseits einen Mann, der zweimal auf René Josselin geschossen hatte.

»Waren Sie oft in der Rue Notre-Dame des Champs?«

»Ich bin insgesamt vier- oder fünfmal dort gewesen … Nein, das stimmt nicht. Vor fünf Jahren, als Monsieur Josselin mit einer starken Grippe zu Hause blieb, habe ich ihm jeden Morgen die Post gebracht und mir Instruktionen von ihm geholt.«

»Haben Sie manchmal dort zu Mittag oder zu Abend gegessen?«

»Wir, Goulet und ich mit unseren Frauen, haben an dem Abend nach der Unterzeichnung des Vertrags dort gegessen, als Monsieur Josselin uns die Firma übergeben hat.«

»Was für ein Mann ist Goulet?«

»Ein Techniker, ein ungeheuer arbeitsamer Mensch.«

»Wie alt?«

»Fast genauso alt wie ich. Er ist ein Jahr nach mir in die Firma eingetreten.«

»Wo ist er im Augenblick?«

»Auf der Île de Ré, mit seiner Frau und den Kindern.«

»Wie viele hat er?«

»Drei, so wie ich.«

»Was halten Sie von Madame Josselin?«

»Ich kenne sie kaum. Sie scheint eine fabelhafte Frau zu sein, auch wenn sie ganz anders ist als ihr Mann.«

»Was meinen Sie damit?«

»Sie ist etwas stolzer ...«

»Und ihre Tochter?«

»Sie hat ihren Vater manchmal im Büro besucht, aber wir hatten wenig Kontakt mit ihr.«

»Der Tod von René Josselin ändert doch wohl nichts an Ihren finanziellen Abmachungen?«

»Daran habe ich noch gar nicht gedacht ... Warten Sie ... Nein ... Es gibt keinen Grund ... Statt die Raten an ihn zu zahlen, werden wir sie an seine Erben zahlen ... Madame Josselin, nehme ich an.«

»Sind es bedeutende Summen?«

»Das kommt auf das jeweilige Geschäftsjahr an. Der Vertrag sieht nämlich eine Gewinnbeteiligung vor. Jedenfalls kann man ganz gut davon leben.«

»Glauben Sie, dass die Josselins auf großem Fuß lebten?«

»Sie lebten gut. Sie hatten eine schöne Wohnung, einen Wagen, eine Villa in La Baule ...«

»Aber sie hätten sich noch mehr leisten können?«

Jouane dachte nach.

»Ja ... vermutlich.«

»War Josselin geizig?«

»Er hätte uns, Goulet und mir, diesen Vertrag nicht vorgeschlagen, wenn er geizig gewesen wäre ... Nein. Wissen Sie, ich glaube, er lebte so, wie er leben wollte. Er hatte keine kostspieligen Liebhabereien. Er wollte vor allem seine Ruhe.«

»Und Madame Josselin?«

»Sie beschäftigt sich gern mit ihrem Haushalt, ihrer Tochter und jetzt auch mit ihren Enkeln.«

»Wie haben die Josselins die Heirat ihrer Tochter aufgenommen?«

»Darüber kann ich nicht viel sagen ... Diese Dinge gingen ja nicht hier vor sich, sondern in der

Rue Notre-Dame des Champs … Sicher ist, dass Monsieur Josselin Mademoiselle Véronique über alles liebte und dass es schwer für ihn war, sich von ihr zu trennen. Ich habe auch eine Tochter. Sie ist erst zwölf Jahre alt. Aber ich gestehe, mir graut schon vor dem Augenblick, da ein Unbekannter sie mir entführen und sie nicht einmal mehr meinen Namen tragen wird … Wahrscheinlich geht es allen Vätern so.«

»Dass sein Schwiegersohn nicht vermögend ist …«

»Das wird ihm eher gefallen haben.«

»Und Madame Josselin?«

»Bei ihr bin ich mir nicht so sicher … Der Gedanke, dass ihre Tochter den Sohn eines Briefträgers heiratete …«

»Fabres Vater ist also Briefträger?«

»In Melun oder in einem Dorf der Umgebung … Das ist alles, was ich weiß. Fabre hat offenbar sein gesamtes Studium mit Stipendien finanziert. Man sagt auch, er könnte bald einer der jüngsten Professoren der medizinischen Fakultät sein, wenn er wollte.«

»Eine Frage noch, Monsieur Jouane. Nach dem, was Sie mir eben erzählt haben, fürchte ich, diese Frage könnte Sie schockieren. Hatte Monsieur Josselin eine oder mehrere Geliebte? Interessierte er sich für Frauen?«

Als Jouane ansetzte, um die Frage zu beantworten, unterbrach ihn Maigret.

»Ich nehme an, Sie selbst haben seit Ihrer Hochzeit hin und wieder mit einer anderen als Ihrer Ehefrau geschlafen.«

»Ja, das ist vorgekommen, wobei ich jede Art von Verhältnis vermieden habe. Verstehen Sie, was ich meine? Ich will das Glück unserer Ehe nicht aufs Spiel setzen.«

»Hier in der Firma gibt es viele junge Frauen …«

»Keine von denen. Niemals. Das ist eine Frage des Prinzips. Außerdem wäre es viel zu gefährlich.«

»Danke für Ihre Offenheit. Sie betrachten sich als einen normalen Mann. René Josselin war auch ein normaler Mann. Er hat erst spät geheiratet, mit fünfunddreißig …«

»Ich verstehe, was Sie sagen wollen. Ich versuche mir Monsieur Josselin in dieser Situation vorzustellen, aber es gelingt mir nicht. Ich weiß nicht, warum … Ich weiß, er war ein Mann wie jeder andere, und dennoch …«

»Sie wissen nichts von einem Liebesabenteuer, das er gehabt haben könnte?«

»Nein. Ich habe auch nie gesehen, dass er eine unserer Arbeiterinnen verliebt angesehen hätte, obwohl sehr hübsche unter ihnen sind … Mehrere werden versucht haben, ihm Avancen zu machen, wie sie es auch bei mir versucht haben … Nein,

Herr Kommissar, ich glaube nicht, dass Sie in dieser Richtung fündig werden.«

Unvermittelt fragte er:

»Wie kommt es, dass nichts davon in der Zeitung steht?«

»Die Presse wird heute Nachmittag darüber berichten.«

Maigret erhob sich seufzend.

»Ich danke Ihnen, Monsieur Jouane. Sollte Ihnen noch etwas einfallen, das mir helfen könnte, rufen Sie mich bitte an.«

»Mir ist dieses Verbrechen unerklärlich ...«

Maigret hätte fast gemurmelt:

»Mir auch.«

Aber er wusste, dass es keine unerklärlichen Verbrechen gibt. Niemand tötet ohne schwerwiegenden Grund.

Und es hätte keiner großen Anstrengung bedurft hinzuzufügen:

»Man tötet keinen x-Beliebigen.«

Denn aus Erfahrung wusste er, dass es so etwas wie eine Berufung zum Opfer gibt.

»Wann wird die Beerdigung stattfinden?«

»Der Leichnam kann erst nach der Autopsie freigegeben werden.«

»Ist die Autopsie denn noch nicht erfolgt?«

»Sie wird vermutlich im Augenblick vorgenommen.«

»Ich muss sofort Goulet anrufen. Er wollte erst in der nächsten Woche zurückkommen.«

Maigret nickte im Vorbeigehen der jungen Frau im Glaskäfig zu und fragte sich, warum sie ein Lachen unterdrücken musste, als sie ihn sah.

3

Die Straße war still, beinahe wie auf dem Land, eine Seite lag in der Sonne, die andere im Schatten. Zwei Hunde beschnüffelten sich mitten auf der Fahrbahn, und hinter den offenen Fenstern verrichteten Frauen ihre Hausarbeit. Drei Ordensschwestern der Petites Sœurs des Pauvres waren in ihren weiten Gewändern und Hauben, deren Schöße wie Vögel flatterten, unterwegs zum Jardin du Luxembourg. Maigret sah ihnen aus der Ferne nach, ohne an etwas zu denken. Dann runzelte er die Stirn, als er vor dem Haus der Josselins einen uniformierten Polizisten sah, der von einem halben Dutzend Reportern und Fotografen belagert wurde.

Er war eigentlich daran gewöhnt. Er hätte darauf gefasst sein müssen. Eben noch hatte er selbst zu Jouane gesagt, dass die Nachmittagszeitungen von dem Mord berichten würden. René Josselin war ermordet worden, und Ermordete gehörten automatisch der Öffentlichkeit. In wenigen Stunden würde das private Leben einer Familie in allen Einzelheiten, ob sie stimmten oder nicht, ausgebreitet werden, und jeder hätte das Recht, Vermutungen anzustellen.

Dass er davon plötzlich schockiert war, ärgerte ihn. Hatte er sich denn einfangen lassen von der bürgerlichen, fast beschaulichen Atmosphäre, die diese Leute umgab, diese »braven Leute«, wie alle betonten?

Die Fotografen schossen ihre Bilder, sobald er aus dem Taxi stieg, und als er den Fahrer bezahlte, bedrängten ihn die Reporter.

»Was meinen Sie dazu, Kommissar?«

Mit einer Handbewegung wehrte er sie ab und murmelte:

»Wenn ich Ihnen etwas mitzuteilen habe, sage ich Bescheid. Dort oben sind zwei Frauen, die gerade etwas Schlimmes durchmachen, es wäre taktvoller, sie in Ruhe zu lassen.«

Aber er selbst ließ sie nicht in Ruhe. Er grüßte den Polizisten und betrat das Haus, das er nun zum ersten Mal bei Tag sah. Es wirkte sehr hell und freundlich.

Er ging an der Loge vorüber, deren Glastür mit einer weißen Tüllgardine verhängt war, kehrte wieder um, klopfte an die Scheibe und drehte am Türknauf.

Wie in allen Häusern der vornehmen Viertel war die Loge ein kleines Wohnzimmer mit blank polierten Möbeln. Eine Stimme fragte:

»Wer ist da?«

»Kommissar Maigret.«

»Treten Sie ein, Herr Kommissar.«

Die Stimme kam aus einer Küche mit weiß gestrichenen Wänden, in der die Concierge, mit bis zu den Ellbogen aufgekrempelten Ärmeln und einer weißen Schürze über dem schwarzen Kleid, dabei war, Milchflaschen zu sterilisieren.

Sie war jung und sympathisch, und man sah ihrer Figur noch an, dass sie erst vor Kurzem ein Kind bekommen hatte. Auf eine Tür deutend, sagte sie leise:

»Sprechen Sie bitte nicht zu laut. Mein Mann schläft.«

Maigret erinnerte sich, dass der Mann Polizist war und Nachtdienst gehabt hatte.

»Seit heute früh werde ich von Journalisten belagert. Als ich mich vorhin nur kurz umdrehte, haben mehrere das ausgenutzt und sind einfach hinaufgegangen. Mein Mann hat schließlich im Kommissariat angerufen, und die haben einen Kollegen hergeschickt.«

Das Baby schlief in einer mit gelben Vorhängen verzierten Korbwiege.

»Haben Sie etwas herausbekommen?«, fragte sie.

Er schüttelte den Kopf.

»Sie sind doch wohl ganz sicher«, fragte er mit gedämpfter Stimme, »dass gestern Abend, nachdem Doktor Fabre das Haus verlassen hatte, niemand mehr hinausgegangen ist?«

»Niemand, Herr Kommissar. Ich habe es vorhin auch einem Ihrer Männer, einem dicken mit rotem Gesicht, Inspektor Torrence, glaube ich, noch einmal gesagt. Er war mehr als eine Stunde im Haus und hat die Mieter verhört. Im Augenblick sind nicht viele da. Einige sind noch in den Ferien. Die Tuplers sind bisher nicht aus den Vereinigten Staaten zurück. Das Haus ist halb leer …«

»Arbeiten Sie hier schon lange?«

»Seit sechs Jahren. Ich habe die Stelle von einer meiner Tanten übernommen, sie ist vierzig Jahre im Haus gewesen.«

»Hatten die Josselins viel Besuch?«

»Eigentlich gar keinen. Es sind ruhige Menschen, zu allen freundlich, sie führen ein sehr regelmäßiges Leben. Doktor Larue und seine Frau kamen hin und wieder zum Abendessen. Die Josselins aßen auch manchmal bei ihnen zu Abend.«

So wie die Maigrets bei den Pardons und umgekehrt. Maigret fragte sich, ob sie sich auch an einem bestimmten Tag im Monat sahen.

»Vormittags gegen neun, wenn Madame Manu oben sauber machte, ging Monsieur Josselin spazieren. Es war immer die gleiche Zeit, ich hätte die Uhr danach stellen können. Er kam in die Loge, sagte ein paar Worte über das Wetter, nahm seine

Post, warf einen Blick auf die Umschläge, steckte sie in die Tasche und ging dann langsam zum Jardin du Luxembourg. Immer im gleichen Tempo.«

»Bekam er viel Post?«

»Nein, ziemlich wenig. Später erschien seine Frau hier unten, gegen zehn, wenn er noch fort war. Sie war immer wie aus dem Ei gepellt, selbst wenn sie nur einkaufen wollte. Ich habe sie nie ohne Hut ausgehen sehen.«

»Wann kam ihr Mann zurück?«

»Je nach Wetter. Wenn es schön war, kam er erst um kurz vor halb zwölf oder zwölf wieder. Wenn es regnete, blieb er nicht so lange weg, aber seinen Spaziergang machte er trotzdem.«

»Und nachmittags?«

Sie hatte die Flaschen alle wieder verschlossen und stellte sie in den Kühlschrank.

»Manchmal gingen sie beide aus, aber höchstens ein- oder zweimal die Woche. Oft kam auch Madame Fabre nachmittags zu Besuch. Vor der Geburt des zweiten brachte sie manchmal das ältere Kind mit.«

»Verstand sie sich gut mit ihrer Mutter?«

»Ich glaube, ja. Sie sind zusammen ins Theater gegangen, so wie gestern.«

»Sind Ihnen in letzter Zeit in seiner Post Briefe aufgefallen, die mit einer anderen Handschrift adressiert waren als sonst?«

»Nein.«

»Hat irgendjemand Monsieur Josselin sprechen wollen, wenn er allein in der Wohnung war?«

»Niemand, nein. Ich habe heute Nacht über das alles nachgedacht. Ich ahnte schon, dass Sie mir solche Fragen stellen würden. Sehen Sie, Herr Kommissar, es sind Leute, über die es nicht viel zu sagen gibt.«

»Mit den anderen Mietern verkehrten Sie nicht?«

»Meines Wissens nicht. In Paris kennen sich die Mieter in einem Haus selten, außer in den dichter bewohnten Vierteln. Hier führt jeder sein Leben, ohne zu wissen, wer der Nachbar ist.«

»Ist Madame Fabre wieder da?«

»Seit einigen Minuten.«

»Ich danke Ihnen.«

Der Fahrstuhl hielt im dritten Stock, wo sich zwei Wohnungen befanden mit jeweils einer rot umrandeten Matte vor der Tür. Er klingelte links, hörte leise Schritte, und nach kurzem Zögern wurde geöffnet, aber nur einen Spaltbreit, denn die Kette war noch eingehängt.

»Wer ist da?«, fragte eine wenig freundliche Stimme.

»Kommissar Maigret.«

Ein Gesicht mit scharfen Zügen, das einer Frau in den Fünfzigern, beugte sich vor und sah den Besucher misstrauisch an.

»Gut, ich glaube Ihnen. Heute früh waren so viele Journalisten hier …«

Die Kette wurde entfernt, und Maigret sah die Wohnung in ihrem normalen Zustand. Alles stand an seinem Platz, und die Sonne schien durch die beiden Fenster herein.

»Wenn Sie Madame Josselin sprechen möchten …«

Er wurde ins Wohnzimmer geführt, wo nichts mehr an die Ereignisse und die Unordnung der vergangenen Nacht erinnerte. Sofort öffnete sich eine Tür, und Véronique kam in einem marineblauen Kostüm herein.

Sie sah erschöpft aus, und Maigret bemerkte eine Art Zögern, etwas Unstetes in ihrem Blick. Wie sie sich umsah und dann ihn anblickte, wirkte es, als suchte sie nach einem Halt oder nach der Antwort auf eine Frage.

»Haben Sie etwas entdeckt?«, murmelte sie kraftlos.

»Wie geht es Ihrer Mutter?«

»Ich bin eben erst zurückgekommen. Ich musste zu meinen Kindern und mich umziehen. Habe ich das nicht am Telefon schon erwähnt? Ach, ich weiß es nicht mehr. Ich weiß überhaupt nichts mehr. Maman hat geschlafen. Als sie aufgewacht ist, hat sie kein Wort gesagt. Sie hat eine Tasse Kaffee getrunken, wollte aber nichts essen. Ich fand, sie sollte liegen bleiben, aber ich konnte sie nicht überzeugen. Jetzt zieht sie sich gerade an.«

Sie blickte um sich, vermied es allerdings, zu dem Sessel hinzusehen, in dem ihr Vater gestorben war. Die Schachfiguren standen nicht mehr auf dem Tischchen. Auch eine halb gerauchte Zigarre, die Maigret nachts in einem Aschenbecher hatte liegen sehen, war verschwunden.

»Hat Ihre Mutter überhaupt nicht gesprochen?«

»Sie sagt nur Ja oder Nein. Dabei ist sie bei klarem Verstand. Sie scheint nur einem einzigen Gedanken nachzuhängen. Sind Sie hier, um mit ihr zu sprechen?«

»Wenn es möglich ist …«

»Sie wird in wenigen Minuten fertig sein. Aber ich bitte Sie inständig, quälen Sie sie nicht zu sehr. Alle halten sie für eine ruhige Frau, weil sie sich immer beherrscht. Aber ich weiß, dass sie krankhaft nervös ist. Sie zeigt es nur nicht.«

»Haben Sie sie oft im Zustand heftiger Erregung gesehen?«

»Es kommt darauf an, was Sie heftig nennen. Als Kind habe ich sie manchmal, wie alle Kinder ihre Mütter, zur Verzweiflung gebracht, aber statt mir eine Ohrfeige zu geben oder wütend zu werden, wurde sie leichenblass und brachte kein Wort heraus. Dann schloss sie sich fast immer in ihrem Schlafzimmer ein, und ich hatte schreckliche Angst …«

»Und Ihr Vater?«

»Mein Vater wurde nie zornig. Er lächelte nur, als würde er sich über mich lustig machen.«

»Ist Ihr Mann in der Klinik?«

»Seit heute Morgen um sieben. Ich habe die Kinder beim Hausmädchen gelassen, weil ich mich nicht getraut habe, sie mit hierherzunehmen. Ich weiß noch nicht, wie wir es machen werden. Ich möchte Maman nicht allein in der Wohnung lassen, aber bei uns ist kein Platz. Sie würde sich im Übrigen weigern, zu uns zu ziehen.«

»Kann Madame Manu nicht über Nacht hierbleiben?«

»Nein. Sie hat einen erwachsenen Sohn, vierundzwanzig Jahre alt. Er ist anspruchsvoller als ein Ehemann und wird wütend, wenn sie es einmal nicht rechtzeitig nach Hause schafft. Wir müssen irgendjemanden finden, vielleicht eine Pflegerin … Maman wird protestieren. Natürlich bin ich dann so oft wie möglich hier.«

Trotz der regelmäßigen Gesichtszüge unter dem rotblonden Haar war sie nicht besonders hübsch, es fehlte ihr an Ausstrahlung.

»Ich glaube, ich höre Maman.«

Tatsächlich öffnete sich die Tür, und Maigret sah eine überraschend junge Frau vor sich. Er wusste, dass sie fünfzehn Jahre jünger war als ihr Mann, und doch hatte er sich eine Großmutter vorgestellt.

In ihrem schlichten schwarzen Kleid wirkte sie sogar jünger als ihre Tochter. Sie hatte braunes Haar und fast schwarze glänzende Augen. Trotz der Tragödie und trotz ihrer Verfassung war sie sorgfältig geschminkt und gekleidet.

»Kommissar Maigret«, stellte er sich vor.

Sie senkte nur die Lider, sah um sich und blickte schließlich ihre Tochter an, die gleich leise fragte:

»Soll ich Sie lieber allein lassen?«

Maigret antwortete nicht. Die Mutter hielt sie nicht zurück. Véronique verließ das Zimmer geräuschlos. Jeder Schritt wurde von dem dicken Teppichboden gedämpft, auf dem auch Perserbrücken lagen.

»Nehmen Sie Platz«, sagte René Josselins Witwe, während sie selbst neben dem Sessel ihres Mannes stehen blieb.

Maigret zögerte, setzte sich schließlich, und auch sie nahm Platz in ihrem Sessel neben dem Nähtisch. Sie saß sehr aufrecht, ohne sich anzulehnen, wie eine Klosterschülerin. Ihre Lippen waren schmal, vermutlich aufgrund des Alters, ihre Hände mager, aber immer noch schön.

»Entschuldigen Sie, dass ich Sie belästige, Madame Josselin. Ich muss gestehen, ich weiß gar nicht, was ich Sie fragen soll. Ich bin mir Ihrer Verzweiflung und Ihres Kummers bewusst.«

Sie sah ihn reglos und starr an, sodass er sich

fragte, ob sie ihn gehört hatte oder mit ihren Gedanken ganz woanders war.

»Ihr Mann ist das Opfer eines Verbrechens geworden, das unerklärlich scheint, und ich bin verpflichtet, nichts außer Acht zu lassen, was mich auf eine Spur führen könnte.«

Ihr Kopf bewegte sich ein wenig von oben nach unten, als würde sie zustimmen.

»Sie waren gestern Abend mit Ihrer Tochter im Théâtre de la Madeleine. Wahrscheinlich wusste der Mörder, dass Ihr Mann allein war. Wann haben Sie beschlossen, ins Theater zu gehen?«

Widerwillig antwortete sie:

»Vor drei oder vier Tagen. Ich glaube, Samstag oder Sonntag.«

»Wer hatte die Idee dazu?«

»Ich. Mich hat das Stück interessiert. In den Feuilletons wurde viel darüber berichtet.«

Wenn er bedachte, in welchem Zustand sie noch um vier Uhr morgens gewesen war, beantwortete sie seine Fragen überraschend ruhig und bestimmt.

»Wir haben diesen Abend ins Auge gefasst. Meine Tochter hat ihren Mann angerufen, um zu fragen, ob er mitkommen wollte.«

»Gingen Sie manchmal zu dritt aus?«

»Selten. Mein Schwiegersohn interessiert sich nur für die Medizin und seine Patienten.«

»Und Ihr Mann?«

»Wir sind manchmal zusammen ins Kino oder ins Varieté gegangen. Er mochte das Varieté sehr gern.«

Ihre Stimme war tonlos und ohne Wärme. Sie schien ihre Antworten aufzusagen und starrte Maigret dabei an wie einen Prüfer im Examen.

»Haben Sie die Karten telefonisch bestellt?«

»Ja. Es waren die Plätze siebenundneunzig und neunundneunzig. Ich erinnere mich genau, denn ich wähle immer einen Platz am Mittelgang.«

»Wer wusste, dass Sie an diesem Abend ausgehen würden?«

»Mein Mann, mein Schwiegersohn und die Putzfrau.«

»Sonst niemand?«

»Mein Friseur. Ich war am Nachmittag bei ihm.«

»Rauchte Ihr Mann?«

Maigret sprang von einem Gedanken zum anderen, und ihm war gerade die Zigarre im Aschenbecher eingefallen.

»Selten. Eine Zigarre nach jeder Mahlzeit. Manchmal rauchte er auch eine auf seinem Morgenspaziergang.«

»Verzeihen Sie diese lächerliche Frage: Wissen Sie, ob er Feinde hatte?«

Sie war nicht empört, sondern erwiderte nur:

»Nein.«

»Hatten Sie nie den Eindruck, dass er etwas vor

Ihnen verbarg, einen mehr oder weniger geheimen Teil seines Lebens?«

»Nein.«

»Was dachten Sie, als Sie ihn gestern Abend bei Ihrer Rückkehr aus dem Theater tot vorfanden?«

Sie schluckte, und dann sagte sie:

»Dass er tot ist.«

Ihr Gesichtsausdruck war noch härter geworden, undurchdringlich, und Maigret dachte einen Moment lang, dass ihre Augen sich mit Tränen füllten.

»Haben Sie sich nicht gefragt, wer ihn getötet hat?«

Er glaubte ein kaum wahrnehmbares Zögern zu spüren.

»Nein.«

»Warum haben Sie nicht sofort die Polizei angerufen?«

Sie antwortete nicht gleich und wandte kurz den Blick ab.

»Ich weiß es nicht.«

»Sie haben zuerst Ihren Schwiegersohn angerufen?«

»Ich habe niemanden angerufen. Véronique hat bei sich zu Hause angerufen. Sie war beunruhigt, dass ihr Mann nicht hier war.«

»War sie nicht überrascht, dass er auch nicht zu Hause war?«

»Ich weiß es nicht.«

»Wer hatte die Idee, Doktor Larue anzurufen?«

»Ich glaube, das war ich. Wir brauchten jemanden, der die Dinge in die Hand nahm, die zu tun waren.«

»Haben Sie einen Verdacht, Madame Josselin?«

»Nein.«

»Warum sind Sie heute Morgen aufgestanden?«

»Ich hatte keinen Grund, im Bett zu bleiben.«

»Sind Sie sicher, dass in der Wohnung nichts fehlt?«

»Meine Tochter hat sich davon überzeugt. Sie kennt den Platz aller Gegenstände so gut wie ich. Nur die Pistole ...«

»Wann haben Sie die Waffe zum letzten Mal gesehen?«

»Vor einigen Tagen. Ich weiß nicht mehr genau, wann.«

»Wussten Sie, dass sie geladen war?«

»Ja. Mein Mann hatte immer eine geladene Pistole in der Wohnung. Am Anfang unserer Ehe bewahrte er sie in der Schublade seines Nachttischs auf. Aber er hatte Angst, dass Véronique sie herausnehmen könnte. Es gibt in unserem Schlafzimmer kein abschließbares Möbelstück, deshalb hat er die Pistole in die Kommode im Wohnzimmer gelegt. Lange Zeit war die Schublade verschlossen. Jetzt, wo Véronique erwachsen und verheiratet ist ...«

»Hatten Sie den Eindruck, dass Ihr Mann Angst vor etwas hatte?«

»Nein.«

»Hatte er viel Bargeld bei sich?«

»Sehr wenig. Wir zahlen fast immer mit Scheck.«

»Haben Sie manchmal, wenn Sie nach Hause kamen, bei Ihrem Mann jemanden angetroffen, den Sie nicht kannten?«

»Nein.«

»Und Sie sind auch nie Ihrem Mann mit einer fremden Person begegnet?«

»Nein, Herr Kommissar.«

»Ich danke Ihnen.«

Ihm war heiß. Es war eine der mühsamsten Vernehmungen seiner Laufbahn, als würde er einen Ball werfen, der sein Ziel immer wieder verfehlte. Seine Fragen schienen nie einen empfindlichen Punkt zu berühren, sondern an der Oberfläche abzuprallen, und die Antworten, die er bekam, waren nichtssagend und leblos.

Madame Josselin war zwar keiner seiner Fragen ausgewichen, aber sie hatte auch kein einziges persönliches Wort gesagt.

Sie erhob sich nicht, um ihn zu verabschieden. Sie saß immer noch aufrecht in ihrem Sessel, und er konnte in ihren Augen nichts lesen, obgleich sie sehr ausdrucksvoll waren.

»Entschuldigen Sie bitte die Störung.«

Sie entgegnete nichts, wartete, bis er aufgestanden war, um sich dann ihrerseits zu erheben, und als er etwas linkisch zur Tür ging, folgte sie ihm.

»Sollte Ihnen etwas einfallen, vielleicht eine Erinnerung, irgendein Verdacht …«

Sie nickte wieder nur.

»Ein Polizist steht unten vor der Haustür, und ich hoffe, Sie werden nicht von Journalisten belästigt.«

»Madame Manu hat mir gesagt, dass sie bereits hier waren.«

»Kennen Sie die Frau schon lange?«

»Etwa ein halbes Jahr.«

»Besitzt sie einen Schlüssel zu der Wohnung?«

»Ich habe einen für sie machen lassen, ja.«

»Wer hat sonst noch einen Schlüssel?«

»Mein Mann und ich. Unsere Tochter auch. Sie hat immer noch den, den sie schon als junges Mädchen hatte.«

»Sind das alle?«

»Ja. Es gibt noch einen fünften, den Ersatzschlüssel. Ich bewahre ihn in meinem Toilettentisch auf.«

»Ist er noch dort?«

»Ich habe ihn eben gesehen.«

»Darf ich Ihrer Tochter noch eine Frage stellen?«

Sie ging, öffnete eine Tür, verschwand einen Augenblick und kam mit Véronique Fabre zurück, die sie beide abwechselnd ansah.

»Ihre Mutter sagt, dass Sie einen Schlüssel zu dieser Wohnung besitzen. Ich würde mich gern davon überzeugen, dass Sie ihn bei sich haben.«

Sie ging zu einer Kommode, auf der ihre Handtasche aus blauem Leder stand, und entnahm ihr einen kleinen flachen Schlüssel.

»Hatten Sie ihn gestern Abend im Theater bei sich?«

»Nein. Ich hatte eine Abendtasche dabei und kaum etwas hineingetan. Sie ist viel kleiner als diese hier.«

»Der Schlüssel war also in Ihrer Wohnung am Boulevard Brune?«

Das war alles. Er wusste nicht, welche Fragen er noch auf taktvolle Weise hätte stellen können. Im Übrigen wollte er dieser gedämpften Welt, die ihm nicht behagte, dringend entkommen.

»Ich danke Ihnen.«

Er nahm nicht den Fahrstuhl, sondern ging die Treppe hinunter, um sich die Beine zu vertreten, und schon auf dem ersten Absatz machte er sich mit einem tiefen Seufzer Luft. Die Journalisten standen nicht mehr auf dem Gehsteig, wo der Polizist mit großen, langsamen Schritten auf und ab ging, sondern gegenüber beim Kohlehändler, der auch einen Ausschank betrieb. Sie stürzten auf ihn zu.

»Haben Sie die beiden Frauen verhört?«

Er blickte sie fast so an, wie die Witwe ihn angeblickt hatte, als sähe er durch ihre Gesichter hindurch.

»Stimmt es, dass Madame Josselin krank ist und keine Fragen beantworten will?«

»Ich habe Ihnen nichts zu sagen, meine Herren.«

»Wann, glauben Sie ...«

Er antwortete mit einer unbestimmten Geste und ging in Richtung Boulevard Raspail davon, um sich ein Taxi zu suchen. Die Journalisten folgten ihm nicht, sondern bezogen wieder Stellung. Er nutzte die Gelegenheit, ging in dieselbe kleine Bar wie in der Nacht zuvor und trank ein Bier.

Es war fast Mittag, als er sein Büro am Quai des Orfèvres betrat. Wenig später öffnete er die Tür zum Inspektorenbüro und sah Lapointe und Torrence dort sitzen.

»Kommt mal zu mir herein, alle beide.«

Schwerfällig setzte er sich auf den Stuhl an seinem Schreibtisch, griff nach der größten der dort liegenden Pfeifen und stopfte sie.

»Was hast du inzwischen unternommen?«, fragte er zuerst den jungen Lapointe.

»Ich war wegen der Nachprüfungen bei den Häusern in der Rue Julie und habe mit den Concierges gesprochen. Alle drei haben bestätigt, dass gestern Abend jemand nach einem kranken Kind im Haus gefragt hat. Eine von ihnen ist misstrauisch geworden. Sie fand, dass der Mann nicht wie ein Arzt aussah und keinen guten Eindruck machte. Sie hätte fast die Polizei benachrichtigt.«

»Wie spät war es da?«

»Zwischen halb elf und elf.«

»Und in der Klinik?«

»Das war schon schwieriger, denn da ging es gerade hoch her. Um die Zeit macht der Professor mit den Ärzten Visite auf der Station. Alle waren hektisch. Ich habe Doktor Fabre von Weitem gesehen und bin sicher, dass er mich erkannt hat.«

»Hat er irgendwie reagiert?«

»Nein. Sie waren zu mehreren, alle in weißen Kitteln und mit Haube auf dem Kopf, im Gefolge des Chefarztes.«

»Verbringt er seinen Abend öfter im Kinderkrankenhaus?«

»Das scheinen sie alle zu tun. Entweder wegen eines Notfalls oder weil sie nach einem schwer kranken Kind schauen müssen. Aber Doktor Fabre sieht man dort am häufigsten. Ich habe zwei, drei vorbeihetzende Schwestern abfangen können. Sie sprechen alle gleich über ihn. Er wird als eine Art Heiliger betrachtet.«

»Ist er die ganze Zeit am Bett seines kleinen Patienten geblieben?«

»Nein, er hat sich in mehreren Sälen aufgehalten und sich ziemlich lange mit einem Kollegen unterhalten.«

»Weiß man in der Klinik schon von dem Mord?«

»Ich glaube, nicht. Ich wurde schief angesehen. Vor allem eine junge Frau, sie ist wohl mehr als eine Schwester, eine Assistenzärztin, nehme ich an. Sie hat zornig zu mir gesagt:

›Wenn Sie indiskrete Fragen stellen möchten, wenden Sie sich an Doktor Fabre selbst.‹«

»Hat sich der Gerichtsmediziner schon gemeldet?«

Es war üblich, erste Informationen nach einer Autopsie telefonisch durchzugeben, denn es brauchte eine Weile, bis der offizielle Bericht geschrieben war.

»Er hat die beiden Kugeln gefunden. Die eine steckte in der Aorta. Sie allein wäre schon tödlich gewesen.«

»Wann ist der Tod eingetreten, seiner Meinung nach?«

»Er vermutet, zwischen neun und elf Uhr. Um Genaueres sagen zu können, müsste Doktor Ledent wissen, wann Josselin seine letzte Mahlzeit zu sich genommen hat.«

»Ruf die Putzfrau an und frag sie. Und informiere dann den Gerichtsmediziner.«

Währenddessen stand der dicke Torrence vor dem Fenster und betrachtete die vorüberfahrenden Kähne auf der Seine.

»Was soll ich dann tun?«, fragte Lapointe.

»Erledige erst einmal diese Telefongespräche. Und nun zu Ihnen, Torrence.«

Torrence duzte er nicht, obwohl er ihn viel länger kannte als Lapointe. Allerdings wirkte Letzterer auch mehr wie ein Student als wie ein Polizeiinspektor.

»Was wissen Sie über die Mieter?«

»Ich habe einen kleinen Plan vom Haus für Sie gemacht, das vereinfacht die Sache.«

Er breitete ihn auf dem Schreibtisch aus, stellte sich hinter Maigret und deutete immer wieder auf eins seiner gezeichneten Kästchen.

»Zunächst das Erdgeschoss. Sie wissen sicherlich, dass der Mann der Concierge Polizist ist und dass er Nachtdienst hatte. Er ist um sieben Uhr morgens zurückgekommen. Seine nächtliche Runde führte nicht am Haus vorbei.«

»Weiter.«

»Links wohnt ein altes Fräulein, Mademoiselle Nolan. Offenbar sehr reich und sehr geizig. Sie hat bis elf Uhr vor dem Fernseher gesessen und ist dann schlafen gegangen. Sie hat nichts gehört und hatte auch keinen Besuch.«

»Und rechts?«

»Ein gewisser Davey. Auch er lebt allein. Witwer, Prokurist in einer Versicherungsgesellschaft. Er hat in der Stadt gegessen wie jeden Abend und ist um Viertel nach neun nach Hause gekommen. Ich habe erfahren, dass er hin und wieder von einer recht hübschen jungen Frau besucht wird, aber nicht gestern. Er hat Zeitung gelesen und ist gegen halb elf eingeschlafen, ohne etwas Ungewöhnliches gehört zu haben. Erst als die Männer vom Erkennungsdienst mit ihren Apparaten ins Haus gekommen sind, ist er aufgewacht. Er ist aufgestanden und hat den Polizisten vor der Haustür gefragt, was los sei.«

»Wie hat er reagiert?«

»Gar nicht. Er hat sich wieder schlafen gelegt.«

»Kannte er die Josselins?«

»Nur vom Sehen. Im ersten Stock links liegt die Wohnung der Arescos. Sie sind zu sechst oder siebt, alle dunkelhaarig und fett. Die Frauen sind ganz hübsch, und sie sprechen alle mit starkem Akzent. Der Vater, die Mutter, eine Schwägerin, eine erwachsene Tochter, zwanzig Jahre alt, und zwei oder drei Kinder. Sie sind gestern nicht ausgegangen.«

»Bist du sicher? Die Concierge sagt doch …«

»Ich weiß. Mir hat sie das auch erzählt. Jemand ist, kurz nachdem der Arzt gegangen war, hereingekommen und hat den Namen Aresco genannt, als er an der Loge vorbeiging … Monsieur Aresco ist empört darüber. Sie haben alle zusammen Karten gespielt und schwören, dass keiner von ihnen die Wohnung verlassen hat.«

»Was sagt die Concierge dazu?«

»Sie sei fast sicher, dass es dieser Name war, und sie glaubt, dass sie sogar den Akzent erkannt hat.«

»*Fast sicher* …«, wiederholte Maigret. »Sie *glaubt*, den Akzent erkannt zu haben … Was machen die Arescos?«

»Sie betreiben Geschäfte in Südamerika. Da leben sie auch einen Teil des Jahres. Außerdem haben sie ein Haus in der Schweiz. Sie waren bis vor zwei Wochen dort.«

»Kennen sie die Josselins?«

»Angeblich nur dem Namen nach.«

»Weiter.«

»Rechts, ihnen gegenüber, wohnt ein Kunstkritiker, Joseph Mérillon. Der ist zurzeit im Auftrag der Regierung in Athen.«

»Und im zweiten Stock?«

»Die ganze Etage wird von den Tuplers bewohnt. Sie machen gerade eine Amerikareise.«

»Keine Hausangestellten?«

»Die Wohnung ist für drei Monate abgeschlossen. Die Teppiche wurden in die Reinigung gegeben.«

»Im dritten Stock?«

»In der Nachbarwohnung der Josselins war in dieser Nacht niemand. Die Delilles, ein älteres Ehepaar, die Kinder sind schon verheiratet. Die Delilles bleiben bis Anfang Oktober an der Côte d'Azur. Diese Leute machen alle ziemlich lange Urlaub, Chef …«

»Und im vierten Stock?«

»Über den Josselins wohnen die Meurats. Der Mann ist Architekt, sie haben eine zwölfjährige Tochter. Sie waren zu Hause. Der Architekt hat bis Mitternacht gearbeitet und nichts gehört. Sein Fenster stand offen. Gegenüber auf der Etage wohnen die Blanchons, ein Industrieller und seine Frau. Sie sind an dem Tag zur Jagd in die Sologne gefahren. Im fünften Stock wohnt wie ganz unten eine alleinstehende Dame, Madame Schwartz. Sie wird oft abends von einer Freundin besucht, aber gestern war die Freundin nicht da, und sie ist früh schlafen gegangen. Und dann noch ein junges Paar, erst seit einem Monat verheiratet. Sie sind bei den Eltern der Frau im Departement Nièvre. Im sechsten Stock befinden sich nur die Dienstbotenzimmer …«

Maigret betrachtete den Plan entmutigt. Sicher, einige der Kästchen waren leer, die Leute waren am Meer, auf dem Land oder im Ausland.

Doch immerhin war die Hälfte der Bewohner in der vergangenen Nacht im Haus gewesen. Sie spielten Karten, sahen fern, lasen oder schliefen. Einer von ihnen arbeitete noch. Die Concierge war, nachdem Doktor Fabre weggegangen war, nicht wieder richtig eingeschlafen.

Und doch waren zwei Schüsse gefallen, in einem der Kästchen war ein Mann erschossen worden, und nichts und niemand in den anderen Kästchen hatte sich davon stören lassen.

Brave Leute …

Auch das waren vermutlich lauter brave Leute, deren Existenzgrundlage bekannt war und die ein behagliches Leben führten, ohne jedes Geheimnis.

War die Concierge, nachdem sie Doktor Fabre aus der Tür gelassen hatte, doch tiefer wieder eingeschlafen, als sie meinte?

Sie war keine Schwindlerin. Zweifellos sagte sie nach bestem Wissen und Gewissen aus.

Sie versicherte, jemand sei zwischen halb elf und elf hereingekommen und habe beim Vorbeigehen den Namen Aresco genannt.

Aber die Arescos schworen, dass niemand von ihnen an dem Abend die Wohnung verlassen habe oder wiedergekommen sei. Sie kannten die Josselins nicht. Das war glaubhaft. Keiner in dem Haus scherte sich um seine Nachbarn, wie das in Paris, besonders in den großbürgerlichen Gegenden, oft der Fall ist.

»Warum sollte ein Mieter, der nach Hause kommt, den Namen eines anderen Mieters nennen, frage ich mich.«

»Und wenn es gar nicht jemand aus dem Haus war?«

»Die Concierge sagt, er hätte nicht ungesehen wieder hinausgelangen können.«

Maigret runzelte die Stirn.

»Es klingt verrückt«, grummelte er. »Trotzdem ist es die einzig mögliche logische Erklärung …«

»Dass er in dem Haus geblieben ist?«

»Jedenfalls bis heute früh. Am Tag müsste es leicht sein, das Haus unbemerkt zu betreten und wieder zu verlassen.«

»Wollen Sie damit sagen, dass der Mörder die ganze Zeit da war, zwei Schritte entfernt von der Polizei, während die Staatsanwaltschaft und die Männer vom Erkennungsdienst in der Wohnung waren?«

»Einige der Wohnungen sind zurzeit leer. Gehen Sie mit einem Schlosser zusammen dorthin und überzeugen Sie sich davon, dass keins der Schlösser aufgebrochen wurde.«

»Aber hineingehen soll ich wohl nicht?«

»Nein, nur die Schlösser von außen prüfen.«

»Ist das alles?«

»Im Augenblick, ja. Was schlagen Sie sonst vor?«

Der dicke Torrence machte ein nachdenkliches Gesicht und sagte:

»Sie haben recht …«

Es war ein Verbrechen geschehen, weil ein Mann ermordet worden war. Aber es war kein Mord wie die anderen, weil das Opfer kein Opfer wie die anderen war.

»Ein braver Mann!«, wiederholte Maigret fast

wütend. Wer hätte einen Grund gehabt, diesen braven Mann umzubringen?

Er war drauf und dran, diese braven Leute zu hassen.

4

Zum Mittagessen kam Maigret nach Hause. Sie saßen vor dem offenen Fenster, und ihm fiel plötzlich eine Geste auf, die seine Frau jeden Tag machte – bevor sie sich an den Tisch setzte, pflegte sie ihre Schürze abzulegen. Oft fuhr sie sich gleich darauf durchs Haar, um es luftiger aussehen zu lassen.

Auch sie hätten sich ein Dienstmädchen leisten können, aber Madame Maigret wollte das nicht. Sie behauptete, sie komme sich unnütz vor, wenn sie nicht den Haushalt zu machen habe. Sie akzeptierte nur an bestimmten Tagen in der Woche eine Putzfrau für die groben Arbeiten, machte aber oft, wenn die Frau weg war, alles selbst noch einmal sauber. Ob es bei Madame Josselin auch so war? Vermutlich nicht ganz. Sie war eine penible Hausfrau, das bewies der Zustand ihrer Wohnung, aber sie bestand bestimmt nicht wie Madame Maigret darauf, alles selbst zu machen.

Warum verglich er beim Essen die beiden Frauen miteinander, die keine Gemeinsamkeiten hatten?

In der Rue Notre-Dame des Champs saßen

Madame Josselin und ihre Tochter vermutlich auch zu zweit beim Essen, und Maigret stellte sich vor, wie sie einander verstohlen beobachteten. Sprachen sie vielleicht gerade über die praktischen Dinge?

Doktor Fabre hingegen war mit den Kindern allein, falls er nach Hause gekommen war, was man annehmen konnte. In der Wohnung am Boulevard Brune gab es nur ein junges Dienstmädchen, das sich um die Kinder und den Haushalt kümmerte. Gleich wenn er mit dem Essen fertig war, würde er in seine Praxis gehen und sich den ganzen Nachmittag mit kranken Kindern und deren besorgten Müttern abgeben. Ob er jemanden für seine Schwiegermutter gefunden hatte, der bei ihr in der Rue Notre-Dame des Champs blieb? Und würde sie die Gegenwart einer fremden Person akzeptieren?

Überrascht bemerkte Maigret, dass er sich mit solchen Einzelheiten beschäftigte, als ginge es um seine eigene Familie. René Josselin war tot, und es galt nicht nur, seinen Mörder zu finden. Die Hinterbliebenen mussten Stück für Stück ihr Leben neu einrichten.

Er wäre am liebsten zum Boulevard Brune gefahren, um sich ein Bild davon zu machen, wie Fabre mit seiner Frau und seinen Kindern lebte.

Man hatte ihm gesagt, sie wohnten in einem der neuen Häuser in der Nähe der Cité Universitaire, und er stellte sich eines jener anonymen Gebäude vor, die er vom Vorübergehen kannte und Menschenfallen nannte. Kahle, schmutzig-weiße Fassaden, gleichförmige Fensterreihen, überhaupt, eine Wohnung wie die andere, von oben bis unten, Badezimmer über Badezimmer, Küche über Küche, mit viel zu dünnen Wänden, durch die man jedes Geräusch hörte.

Er war sich vollkommen sicher, dass dort nicht die gleiche Ordnung herrschte wie in der Wohnung in der Rue Notre-Dame des Champs, dass der Alltag weniger geregelt verlief, dass die Mahlzeiten oft zu ungewöhnlichen Zeiten eingenommen wurden und dass all das ebenso auf Fabres Charakter wie auf die Nachlässigkeit oder vielleicht Unbeholfenheit seiner Frau zurückzuführen war.

Sie war ein verwöhntes Kind gewesen. Noch immer besuchte ihre Mutter sie fast täglich, hütete die Kinder, ging mit dem älteren spazieren. Versuchte sie nicht auch, etwas Ordnung in ein Leben zu bringen, das für ihren Geschmack zu sehr aus dem Rahmen fiel?

Waren die beiden Frauen, die jetzt bei Tisch saßen, sich bewusst, dass bei dem augenblicklichen Stand der Ermittlungen Paul Fabre der einzige Verdächtige war? Er war, soweit bekannt, der Letzte, der Josselin allein gesehen hatte.

Er hatte sich zwar nicht selbst anrufen und in die

Rue Julie bestellen können, aber in dem Kinderkrankenhaus gab es genügend Menschen, die ihn verehrten und alles für ihn tun würden. Er wusste, wo sich die Waffe befand.

Und, nicht zuletzt, er hatte ein Motiv. Gewiss, das Geld interessierte ihn nicht. Ohne seinen Schwiegervater hätte er sich nie mit einer Privatpraxis belastet, sondern sich und seine gesamte Zeit der Klinik gewidmet, wo er sich mehr zu Hause fühlte als irgendwo sonst.

Aber Véronique? Bereute sie nicht allmählich, einen Mann geheiratet zu haben, den alle als einen Heiligen betrachteten? Hatte sie nicht Sehnsucht nach einem anderen Leben? Brachte ihre Stimmung, bei sich zu Hause, das nicht zum Ausdruck?

Nach Josselins Tod würden die Fabres wahrscheinlich ihren Anteil der Erbschaft erhalten.

Maigret versuchte sich die Szene vorzustellen: wie die beiden Männer, stumm und ernst wie alle Schachspieler, vor dem Schachbrett saßen; wie der Arzt sich in einem bestimmten Augenblick erhob und zur Kommode ging, in der die Pistole lag …

Maigret schüttelte den Kopf. Es passte nicht. Unvorstellbar, dass Fabre zu seinem Schwiegervater zurückging, den Finger am Abzug …

Eine Auseinandersetzung, ein so heftiger Streit, dass beide nicht mehr Herr ihrer Sinne waren?

Nein, auch das konnte er nicht glauben. Es entsprach so gar nicht dem Temperament der beiden Männer.

Und was war im Übrigen mit dem geheimnisvollen Besucher, den die Concierge den Namen Aresco hatte nennen hören?

»Francine Pardon hat mich angerufen«, sagte Madame Maigret plötzlich. Vielleicht, um ihn auf andere Gedanken zu bringen.

Er war so geistesabwesend, dass er sie verständnislos ansah.

»Sie sind am Montag aus Italien zurückgekehrt. Weißt du noch, wie sehr sie sich auf diesen Urlaub gefreut haben?«

Es war ihr erster Urlaub zu zweit seit über zwanzig Jahren. Die Pardons waren mit dem Auto gefahren, hatten Florenz, Rom und Neapel besichtigen und dann gemächlich über Venedig und Mailand zurückreisen wollen.

»Sie fragt, ob wir am Mittwoch zu ihnen zum Abendessen kommen möchten.«

»Warum nicht?«

War es nicht längst eine Tradition geworden? Eigentlich wäre das gemeinsame Abendessen am ersten Mittwoch des Monats fällig gewesen, aber der Reise wegen hatte man es verschieben müssen.

»Die Reise muss ziemlich anstrengend gewesen sein. Auf den Straßen herrschte fast so viel Verkehr wie auf den Champs-Élysées, und sie haben jeden

Abend ein bis zwei Stunden nach einem Hotelzimmer gesucht.«

»Wie geht es ihrer Tochter?«

»Gut. Und das Baby entwickelt sich prächtig.«

Auch Madame Pardon ging fast jeden Nachmittag zu ihrer Tochter, die im Jahr zuvor geheiratet hatte. Das Baby war jetzt ein paar Monate alt.

Wenn die Maigrets ein Kind gehabt hätten, wäre es nun wahrscheinlich auch verheiratet, und Madame Maigret würde wie die anderen …

»Weißt du, was sie beschlossen haben?«

»Nein.«

»Sie wollen sich eine kleine Villa am Meer oder auf dem Land kaufen, damit sie dort mit ihrer Tochter, ihrem Schwiegersohn und dem Kind die Ferien verbringen können.«

Die Josselins besaßen eine Villa in La Baule. Sie verbrachten dort jedes Jahr mindestens einen Monat, vielleicht auch mehr, mit der ganzen Familie. René Josselin hatte sich ja aus der Firma zurückgezogen.

Plötzlich wunderte sich Maigret darüber. Der Fabrikant war sein Leben lang ein tätiger Mensch gewesen, hatte die meiste Zeit in seiner Firma in der Rue du Saint-Gothard verbracht und war sogar oft abends noch hingefahren, um zu arbeiten.

Seine Frau hatte er nur zu den Mahlzeiten und kurz am Abend gesehen.

Weil ihm nach einem Herzanfall plötzlich angst und bange geworden war, hatte er die Firma aufgegeben, fast von einem Tag auf den anderen.

Was würde er, Maigret, tun, wenn er nach seiner Pensionierung plötzlich den ganzen Tag mit seiner Frau in der Wohnung verbringen müsste? Sie hatten allerdings vorgesorgt. Sie würden auf dem Land leben und hatten sich dort sogar bereits ein Haus gekauft.

Aber wenn er in Paris bleiben müsste?

Jeden Morgen verließ Josselin pünktlich gegen neun das Haus wie jemand, der ins Büro geht. Der Concierge zufolge ging er mit den langsamen und vorsichtigen Schritten aller Herzkranken oder jener, die einen Infarkt befürchten, zum Jardin du Luxembourg.

Die Josselins hatten übrigens keinen Hund, auch das erstaunte den Kommissar. Er hätte sich René Josselin gut vorstellen können, wie er den Hund an der Leine spazieren führte. Eine Katze gab es in der Wohnung auch nicht.

Er kaufte seine Zeitungen. Setzte er sich auf eine Parkbank, um sie zu lesen? Kam er manchmal ins Gespräch mit den Leuten neben ihm? Traf er regelmäßig auf dieselbe Person, Mann oder Frau?

Für alle Fälle hatte Maigret Lapointe aufgetragen, sich in der Rue Notre-Dame des Champs ein Foto des Mordopfers zu besorgen. Damit sollte er die

Geschäftsleute im Viertel und die Wärter im Jardin du Luxembourg befragen und versuchen zu rekonstruieren, wie Josselin die Morgen verbracht hatte.

Würde ihn das weiterbringen? Er dachte lieber nicht darüber nach. Dieser tote Mann, den er lebend nicht gekannt hatte, diese Familie, von deren Existenz er bis gestern nichts gewusst hatte, ließ ihm keine Ruhe.

»Kommst du zum Abendessen nach Hause?«

»Ich denke schon. Hoffentlich.«

Er wartete an der Ecke Boulevard Richard-Lenoir auf den Autobus, stieg ein, blieb hinten auf der Plattform stehen, um seine Pfeife rauchen zu können, und betrachtete die Männer und Frauen um ihn herum, Menschen, die ihren alltäglichen Verrichtungen nachgingen, als gäbe es keine Josselins und als würde nicht in Paris jemand herumlaufen, der Gott weiß warum einen anderen getötet hatte.

Kaum in seinem Büro, vertiefte er sich absichtlich in unangenehmen Verwaltungskram, um nicht mehr an diese Geschichte denken zu müssen, und das gelang ihm auch, bis etwa gegen drei das Telefon läutete. Als er den Hörer abnahm und Torrence' erregte Stimme hörte, war er überrascht.

»Ich bin immer noch in dem Viertel, Chef.«

Er hätte fast gefragt:

»In welchem Viertel?«

»Ich dachte, es ist besser, ich rufe Sie an. Vielleicht möchten Sie selbst herkommen. Ich habe etwas Neues entdeckt …«

»Sind die beiden Frauen immer noch in der Wohnung?«

»Alle drei. Madame Manu ist auch da.«

»Was ist geschehen?«

»Ich habe mit einem Schlosser alle Türen untersucht, darunter auch die, die zur Dienstbotentreppe führen. Keine scheint aufgebrochen worden zu sein. Wir sind bis in den sechsten Stock hinaufgegangen, wo sich die Dienstbotenzimmer befinden.«

»Was haben Sie entdeckt?«

»Warten Sie. Die meisten Türen waren abgeschlossen. Und als wir uns über eins der Schlösser beugten, öffnete sich die Tür des Zimmers nebenan einen Spaltbreit. Wir waren wirklich überrascht, da stand eine splitternackte junge Frau vor uns. Sie hat sich nicht im Geringsten geniert und uns neugierig gemustert. Ein sehr hübsches Mädchen übrigens, mit dunklen Haaren und riesigen Augen. Sie sah aus wie eine Spanierin oder eine Südamerikanerin.«

Maigret wartete und zeichnete dabei mechanisch einen Frauenkörper auf sein Löschblatt.

»Ich habe sie gefragt, was sie dort macht, und sie hat in schlechtem Französisch gesagt, es sei ihre Pause und sie sei die Hausangestellte der Arescos.

›Warum versuchen Sie, die Tür zu öffnen?‹, hat sie misstrauisch gefragt. Und dann sagte sie noch, ohne dass es sie besonders zu beunruhigen schien:

›Sind Sie Einbrecher?‹

Ich habe ihr erklärt, wer wir sind. Sie hatte noch nicht erfahren, dass einer der Hausbewohner in der letzten Nacht ermordet worden ist.

›Etwa der freundliche dicke Herr, der mich auf der Treppe immer angelächelt hat?‹

Dann hat sie gesagt:

›Es wird doch nicht das neue Dienstmädchen gewesen sein?‹

Ich habe nicht gleich verstanden. Die ganze Szene muss ziemlich komisch gewirkt haben, und ich hätte sie gern gebeten, sich etwas überzuziehen.

›Was für ein neues Dienstmädchen?‹

›Sie müssen ein neues haben, ich habe in der letzten Nacht jemanden in dem Zimmer gehört …‹«

Maigret unterbrach plötzlich seine Kritzeleien. Er war wütend, dass er daran nicht gedacht hatte. Genau genommen war er ja in der vergangenen Nacht kurz davor gewesen. In einem bestimmten Augenblick hatte eine Idee in ihm Gestalt annehmen wollen, und er meinte, ganz nah vor einer Entdeckung zu stehen. So hatte er es zu Lapointe gesagt. Aber dann hatte irgendwer, Saint-Hubert oder der Untersuchungsrichter, das Wort an ihn gerichtet und er hatte den Faden nicht mehr aufnehmen können.

Die Concierge behauptete, kurz nachdem Doktor Fabre gegangen sei, habe ein Fremder das Haus betreten. Er habe den Namen Aresco genannt, wobei die Arescos erklärten, es sei niemand bei ihnen gewesen und es habe auch keiner von ihnen das Haus verlassen.

Maigret hatte alle Mieter vernehmen lassen, aber er hatte nicht an die sogenannten Kulissen gedacht, also an die Etage, auf der die Unterkünfte der Hausangestellten lagen.

»Verstehen Sie, Chef? Moment! Das ist noch nicht alles … Auch dieses Schloss war nicht aufgebrochen worden. Deshalb bin ich über die Dienstbotentreppe in den dritten Stock hinuntergegangen und habe Madame Manu gefragt, ob sie den Schlüssel zum Zimmer im sechsten Stock hat … Sie hat die Hand ausgestreckt, nach einem Nagel rechts neben dem Regal … und dann hat sie verwundert die Wand angesehen.

›So etwas! Er ist nicht mehr da …‹

Sie hat mir erklärt, dass der Schlüssel zu dem Zimmer im sechsten Stock immer an dem Nagel hing.

›Gestern noch?‹, habe ich gefragt.

›Ich kann es nicht beschwören, aber ich bin mir fast sicher. Ich war nur ein einziges Mal oben, mit Madame Josselin, ganz am Anfang. Da haben wir das Bett abgezogen und das Fenster mit Papierstreifen abgeklebt, damit kein Staub eindringt.‹«

Das war typisch Torrence. Wenn er einmal eine Spur gewittert hatte, verfolgte er sie mit der Beharrlichkeit eines Jagdhundes.

»Ich bin wieder hinaufgegangen, wo der Schlosser noch wartete. Die junge Spanierin, sie heißt Dolores, war inzwischen wieder hinuntergegangen, ihre Pause war wohl um.

Das Schloss ist ein Serienschloss, nichts Besonderes. Für den Schlosser war es ein Kinderspiel, es zu öffnen.«

»Haben Sie Madame Josselin denn um Erlaubnis gebeten?«

»Nein. Ich habe sie nicht gesehen. Sie hatten mir ja gesagt, ich solle sie nur im Notfall behelligen, aber wir brauchten sie nicht. Aber, Chef, nun haben wir immerhin eine Spur! Irgendjemand hat zumindest einen Teil der Nacht in dem Zimmer verbracht. Das Papier am Fenster war abgerissen, und das Fenster stand offen. Man sieht außerdem, dass jemand auf der Matratze gelegen hat, das Kissen ist eingedrückt.

Außerdem liegen ausgetretene Zigarettenstummel auf dem Fußboden. Es muss ein Mann gewesen sein, denn an den Stummeln ist keine Spur von Lippenstift zu sehen.

Ich spreche jetzt aus einer Bar in der Rue Vavin, sie heißt Le Clairon. Ich dachte, Sie möchten sich das sicher selbst ansehen.«

»Ich komme!«

Maigret war erleichtert, nicht mehr an Doktor Fabre denken zu müssen. Plötzlich sah alles anders aus. Die Concierge hatte sich nicht geirrt. Tatsächlich war jemand von draußen hereingekommen. Dieser Jemand wusste nicht nur, in welcher Schublade die Pistole lag, er wusste auch, wo der Schlüssel zum Dienstbotenzimmer hing.

Der Mörder war also in der vergangenen Nacht, während die Untersuchung im dritten Stock auf der Stelle trat, im Haus gewesen, hatte auf einer Matratze gelegen, Zigaretten geraucht und gewartet, bis es draußen hell wurde und der Weg frei war.

Hatte seitdem ständig ein Polizist die Haustür bewacht? Maigret wusste es nicht. Das war Sache des Kommissars des Viertels. Als er selbst aus der Rue du Saint-Gothard zurückgekommen war, hatte dort einer gestanden. Aber den hatte der Mann der Concierge angefordert, nachdem die Journalisten und Fotografen in das Haus eingedrungen waren.

Jedenfalls herrschte am Morgen ein beständiges Kommen und Gehen, und sei es von Lieferanten. Die Concierge musste sich um die Post, ihr Baby, die Reporter kümmern, von denen mehrere bis in den dritten Stock vorgedrungen waren.

Maigret rief den Erkennungsdienst an.

»Moers? Schicken Sie mir bitte einen Ihrer Männer für die Fingerabdrücke. Vielleicht müssen auch noch andere Indizien sichergestellt werden. Er soll alles Notwendige mitbringen … Ich erwarte ihn in meinem Büro, ja …«

Inspektor Baron klopfte an die Tür.

»Ich habe endlich den Zuständigen im Madeleine-Theater erreichen können. Es sind gestern tatsächlich zwei Karten für Madame Josselin zurückgelegt worden. Die Plätze waren auch den ganzen Abend besetzt, aber er weiß nicht, von wem. Das Theater war bis auf den letzten Platz ausverkauft. Während der Vorstellung hat niemand den Zuschauerraum verlassen. Allerdings gibt es Pausen.«

»Wie viele?«

»Zwei. Die erste dauert nur eine Viertelstunde, da verlassen die wenigsten ihre Plätze. Die zweite dauert gut eine halbe Stunde, da wird das Bühnenbild umgebaut, das ist aufwendig.«

»Wann findet das statt?«

»Um zehn. Ich habe den Namen des Ehepaars, das genau hinter den Nummern siebenundneunzig und neunundneunzig saß. Es sind Abonnenten, sie sitzen immer auf den gleichen Plätzen. Monsieur und Madame Demaillé aus der Rue de la Pompe in Passy. Soll ich sie aufsuchen?«

»Das wäre gut …«

Er wollte nichts mehr dem Zufall überlassen. Der Mann vom Erkennungsdienst erschien in voller Montur, beladen wie ein Pressefotograf.

»Soll ich einen Wagen besorgen?«

Maigret nickte und folgte ihm. Sie fanden Torrence bei einem Glas Bier, immer noch in Gesellschaft des Schlossers, den die ganze Geschichte zu amüsieren schien.

»Ich brauche Sie nicht mehr«, sagte der Kommissar zu ihm. »Ich danke Ihnen.«

»Aber wie wollen Sie ohne mich hineinkommen? Die Tür ist zu. Ihr Inspektor hat gesagt, ich soll sie wieder abschließen.«

»Ich wollte nichts riskieren …«, murmelte Torrence.

Maigret bestellte sich auch ein kleines Bier und trank es fast in einem Zug aus.

»Es ist am besten, wenn Sie hier auf mich warten.«

Er überquerte die Straße, betrat den Fahrstuhl, klingelte bei den Josselins. Madame Manu öffnete wie am Morgen, ohne die Kette abzunehmen, erkannte ihn sofort und ließ ihn eintreten.

»Welche der Damen möchten Sie sprechen?«

»Madame Josselin, bitte. Es sei denn, sie ruht.«

»Nein. Der Arzt, der vorhin hier war, bestand zwar darauf, dass sie sich wieder hinlegt, aber sie hat sich geweigert. Es ist nicht ihre Art, den ganzen Tag im Bett zu liegen, wenn sie nicht wirklich sehr krank ist.«

»War sonst irgendjemand hier?«

»Nur Monsieur Jouane, aber er ist nur ein paar

Minuten geblieben. Und dann Ihr Inspektor, der dicke. Er wollte den Schlüssel von oben haben. Ich schwöre Ihnen, ich habe den Schlüssel nicht angerührt. Ich frage mich übrigens, warum er immer an seinem Nagel hing, wo das Zimmer doch gar nicht mehr benutzt wurde.«

»Ist es nie benutzt worden, seitdem Sie bei Madame Josselin beschäftigt sind?«

»Wofür hätte man es benutzen sollen? Sie haben ja kein Dienstmädchen mehr.«

»Madame Josselin hätte einen Freund oder Bekannten der Familie dort übernachten lassen können.«

»Wenn jemand bei ihnen über Nacht geblieben wäre, hätte er vermutlich das Zimmer von Madame Fabre bekommen … Ich werde Madame Josselin Bescheid sagen, dass Sie da sind.«

»Was tun die beiden gerade?«

»Ich glaube, sie setzen eine Liste für die Todesanzeigen auf.«

Die Damen waren nicht im Wohnzimmer. Nachdem er eine ganze Weile gewartet hatte, erschienen sie gemeinsam. Ihn beschlich das seltsame Gefühl, dass sie sich nicht aus den Augen ließen, weil eine der anderen misstraute.

»Entschuldigen Sie, dass ich Sie erneut belästige, meine Damen. Ich vermute, Madame Manu hat Sie schon in Kenntnis gesetzt?«

Sie sahen sich an, bevor sie beide gleichzeitig den Mund öffneten, aber es war Madame Josselin, die schließlich sagte:

»Mir ist nie in den Sinn gekommen, den Schlüssel woanders hinzutun. Ich hatte ihn fast vergessen. Was bedeutet das? Wer könnte ihn genommen haben? Warum?«

Ihr Blick war noch starrer und düsterer als am Morgen. Die Hände verrieten ihre Nervosität.

»Mein Inspektor«, erläuterte Maigret, »hat das Zimmer geöffnet, eigenmächtig, um Sie nicht zu stören. Ich bitte Sie, ihm das nicht zu verübeln. Umso mehr, als er auf diese Weise die Ermittlung wahrscheinlich in eine neue Richtung gelenkt hat.«

Er beobachtete sie, achtete auf ihre Reaktion, doch nichts verriet, was in ihr vorging.

»Wann waren Sie zuletzt im sechsten Stock?«

»Das ist schon mehrere Monate her. Als Madame Manu bei mir angefangen hat, bin ich mit ihr hinaufgegangen, denn das letzte Mädchen hatte es schrecklich unordentlich und schmutzig hinterlassen.«

»Das ist also etwa ein halbes Jahr her?«

»Ja.«

»Seitdem waren Sie nicht wieder oben? Ihr Mann wohl auch nicht?«

»Er ist nie in seinem Leben in den sechsten Stock hinaufgegangen. Was hätte er dort tun sollen?«

»Und Sie, Madame?«, fragte er Madame Fabre.

»Ich war seit Jahren nicht oben. Nicht mehr, seitdem Olga fort ist. Sie war immer sehr nett zu mir, manchmal habe ich sie oben in ihrem Zimmer besucht. Erinnerst du dich, Maman? Es ist fast acht Jahre her.«

»Vor das Fenster war Papier geklebt worden, nicht wahr?«

»Ja. Damit kein Staub eindringt.«

»Das Papier wurde abgerissen, das Fenster stand offen. Jemand hat auf dem Bett gelegen, vermutlich ein Mann. Er hat mehrere Zigaretten geraucht.«

»Sind Sie denn sicher, dass das in der letzten Nacht war?«

»Noch nicht. Ich würde gern mit meinen Männern hinaufgehen, wenn Sie erlauben, damit wir das Zimmer gründlich untersuchen können.«

»Ich glaube, dazu brauchen Sie meine Erlaubnis nicht.«

»Wenn Sie dabei sein möchten …«

Sie schüttelte den Kopf.

»Hatte Ihr letztes Dienstmädchen einen Liebhaber?«

»Meines Wissens nicht. Es war ein sehr ordentliches Mädchen. Sie war verlobt und hat uns nur verlassen, weil sie heiraten wollte.«

Er ging zur Tür. Warum hatte er erneut das Gefühl, es herrsche seit Kurzem ein gewisses Misstrauen, eine gewisse Feindseligkeit zwischen Mutter und Tochter?

Zu gern hätte er gewusst, wie sie sich benahmen und was sie zueinander sagten, wenn die Tür hinter ihm zufiel. Madame Josselin hatte ihre Fassung gewahrt, aber der Kommissar war dennoch davon überzeugt, dass sie innerlich entsetzt war.

Trotzdem hätte er schwören können, dass die Geschichte mit dem Zimmer für sie weniger überraschend war als für ihn. Und Véronique hatte sich jäh zu ihrer Mutter umgedreht und sie angesehen, als wollte sie etwas fragen.

Was hatte sie sagen wollen, als sie den Mund öffnete?

Er kehrte zu den drei Männern ins Clairon zurück und trank noch ein Bier, ehe sie zusammen über die Hintertreppe in den sechsten Stock hinaufgingen. Der Schlosser öffnete ihnen wieder die Tür. Es war nicht leicht, ihn wieder loszuwerden, denn er versuchte sich nützlich zu machen, um noch dableiben zu können.

»Wie wollen Sie allein das Zimmer wieder abschließen?«

»Ich werde die Tür versiegeln.«

»Sehen Sie, Chef«, sagte Torrence, auf das Bett deutend. Das Fenster stand immer noch offen, und fünf oder sechs Zigarettenstummel lagen auf dem Fußboden.

»Vor allem möchte ich wissen, ob diese Zigaretten kürzlich geraucht wurden.«

»Das ist leicht …«

Der Mann vom Erkennungsdienst untersuchte eine der Kippen, schnupperte daran, löste behutsam das Papier und zerdrückte den Tabak zwischen den Fingern.

»Im Labor ließe es sich genauer bestimmen, aber ich kann Ihnen schon jetzt sagen, diese Zigaretten sind vor nicht langer Zeit geraucht worden. Übrigens merken Sie es sicher selbst, trotz des offenen Fensters riecht es hier noch nach Zigarettenrauch.«

Der Mann packte so bedächtig und vorsichtig wie alle Labormitarbeiter seine Apparate aus. Für diese Leute gab es keine Toten, oder besser gesagt, die Toten hatten keine Identität, sie waren ohne Familie, ohne Persönlichkeit. Ein Verbrechen stellte bloß ein wissenschaftliches Problem dar. Sie befassten sich mit exakten Dingen, mit Spuren, Indizien, Fingerabdrücken, Staub.

»Zum Glück ist hier seit Langem nicht sauber gemacht worden.«

Und zu Torrence gewandt:

»Sind Sie viel durchs Zimmer gegangen? Haben Sie die Sachen angefasst?«

»Nichts außer einem Zigarettenstummel. Wir sind in der Nähe der Tür geblieben, der Schlosser und ich.«

»Umso besser.«

»Kommen Sie nachher vorbei, um mir das Ergebnis Ihrer Untersuchung durchzugeben?«, fragte Maigret, der nicht recht wusste, was er hier noch tun sollte.

»Und ich?«, fragte Torrence.

»Sie fahren zum Quai zurück.«

»Darf ich noch ein paar Minuten hierbleiben, um zu erfahren, ob es Fingerabdrücke gibt?«

»Wenn Sie unbedingt wollen …«

Maigret stieg schwerfällig die Treppe hinunter und war drauf und dran, im dritten Stock an der Hintertür zu läuten. Ihm war von der letzten Begegnung mit den beiden Frauen ein unangenehmer, verschwommener Eindruck geblieben. Die Dinge schienen nicht so gelaufen zu sein, wie sie hätten laufen sollen.

Im Übrigen war alles irgendwie ungewöhnlich. Aber wie sollte es anders sein, wenn bei Leuten plötzlich ein Verbrechen begangen wurde? Wäre das Opfer zum Beispiel jemand wie Monsieur Pardon gewesen, wie hätten Madame Pardon, ihre Tochter und ihr Schwiegersohn dann reagiert?

Es gelang ihm nicht, sich die Pardons in einer solchen Situation vorzustellen, obwohl er sie seit Jahren kannte und er und seine Frau mit ihnen gut befreundet waren.

Hätte der Schock Madame Pardon auch in eine

solche Starre versetzt, dass sie kein Wort herausbringen konnte? Hätte sie nicht versucht, so lang wie möglich beim Leichnam ihres Mannes zu bleiben?

Er hatte ihnen vorhin mitgeteilt, dass sich ein Mann den Schlüssel zum Dienstbotenzimmer aus der Küche geholt und stundenlang dort oben versteckt haben musste, dass er sich vermutlich noch dort aufhielt, als die beiden Frauen allein in der Wohnung waren, nachdem die Polizei sie spät in der Nacht verlassen hatte.

Madame Josselin hatte kaum mit der Wimper gezuckt, Véronique hingegen hatte ihre Mutter sofort angesehen, diese wiederum schien ihr das Wort abzuschneiden.

Eins stand fest: Der Mörder hatte nichts gestohlen. Und nach dem Stand der bisherigen Ermittlungen konnte niemand ein Interesse am Tod von René Josselin haben.

Für Jouane und seinen Teilhaber änderte dieser Tod nichts. Und wie sollte Jouane, der nur wenige Male in der Wohnung gewesen war, wissen, wo sich die Pistole befand, wo in der Küche der Schlüssel hing und welches der Zimmer im sechsten Stock den Josselins gehörte?

Fabre war wahrscheinlich nie dort oben gewesen. Und Fabre hätte auch keinen Grund gehabt, sich dort zu verstecken. Er war zuerst in der Klinik gewesen und dann in der Wohnung im dritten Stock, wo der Kommissar ihn verhört hatte.

Als Maigret im Erdgeschoss ankam, ging er unvermittelt zum Fahrstuhl, fuhr in den ersten Stock hinauf und klingelte bei den Arescos. Hinter der Tür hörte man Musik, Stimmen, Geschrei. Als sie sich öffnete, sah er zwei Kinder, die hintereinander herjagten, und eine dicke Frau im Morgenrock, die sie zu schnappen versuchte.

»Heißen Sie Dolores?«, fragte er das junge Mädchen, das vor ihm stand. Sie trug nun ein hellblaues Dienstkleid und auf ihrem schwarzen Haar eine hellblaue Haube.

Sie lächelte ihn breit an. Alle in dieser Wohnung schienen zu lachen oder zu lächeln und von morgens bis abends in trubeliger Heiterkeit zu leben.

»Sí, Señor …«

»Sprechen Sie Französisch?«

»Ja.«

Die dicke Frau sagte etwas auf Spanisch zu dem Mädchen, wobei sie Maigret von Kopf bis Fuß musterte.

»Versteht sie kein Französisch?«, fragte Maigret.

Das Mädchen schüttelte den Kopf und brach in Lachen aus.

»Sagen Sie ihr, ich bin von der Polizei wie der Inspektor, den Sie oben gesehen haben, und ich möchte Ihnen einige Fragen stellen.«

Dolores übersetzte, wobei sie ungewöhnlich schnell sprach, und die überaus üppige Frau nahm eins der Kinder am Arm, zog es mit sich in ein Zimmer und schloss dessen Glastür. Die Musik spielte weiter. Das Mädchen blieb vor Maigret stehen, ohne ihn hereinzubitten. Eine andere Tür öffnete sich einen Spaltbreit, man sah das Gesicht eines Mannes mit dunklen Augen, dann wurde die Tür leise wieder geschlossen.

»Wann sind Sie gestern schlafen gegangen?«

»Vielleicht um halb elf … Ich habe nicht auf die Uhr gesehen.«

»Waren Sie allein?«

»Sí, Señor.«

»Sind Sie jemandem auf der Treppe begegnet?«

»Nein.«

»Wann haben Sie in dem Nebenzimmer Geräusche gehört?«

»Um sechs Uhr morgens, als ich aufgestanden bin.«

»Schritte?«

»Was, Schritte?«

Sie verstand das Wort nicht, und er machte ihr auf der Stelle Schritte vor, worauf sie abermals in Lachen ausbrach.

»Sí … sí …«

»Haben Sie den Mann gesehen, der da herumging? Hat sich die Tür geöffnet?«

»Es war ein Mann?«

»Wie viele Personen schlafen im sechsten Stock?«

Es dauerte immer eine ganze Zeit, bis sie seine Fragen verstand. Sie schien sich jedes Wort zu übersetzen, ehe sie den Sinn erfasste.

Sie hob zwei Finger und sagte:

»Nur zwei … Das Dienstmädchen der Leute im vierten Stock …«

»Der Meurats?«

»Ich weiß nicht … Wohnen die Meurats links oder rechts?«

»Links.«

»Dann nein. Es sind die anderen … Sie sind mit Gewehren weggefahren … Ich habe gesehen, wie sie sie gestern Morgen ins Auto legten …«

»Ist das Mädchen mit ihnen gefahren?«

»Nein. Aber sie war nicht hier, um zu schlafen. Sie hat einen Freund.«

»Also waren Sie in der letzten Nacht allein im sechsten Stock?«

Das amüsierte sie. Alles amüsierte sie. Sie schien nicht zu begreifen, dass nur eine dünne Wand sie von einem Mann getrennt hatte, der aller Wahrscheinlichkeit nach ein Mörder war.

»Ganz allein … Kein Freund …«

»Ich danke Ihnen.«

Hinter dem Vorhang der Glastür waren Gesichter mit dunklen Augen zu erkennen, und das Gelächter würde vermutlich weitergehen, wenn Maigret fort war.

Ehe er das Haus verließ, blieb er vor der Loge stehen. Die Concierge war nicht da. Er stand einem Mann in Hosenträgern gegenüber, der das Baby in den Armen hielt, es hastig in die Wiege legte und sich vorstellte.

»Polizist Bonnet ... Treten Sie ein, Herr Kommissar ... Meine Frau macht gerade ein paar Besorgungen ... Sie hat Glück, weil ich in dieser Woche Nachtdienst habe.«

»Ich wollte ihr nur mitteilen, dass sie sich nicht geirrt hat. Es ist wirklich jemand gestern Abend ins Haus gekommen und hat es in der Nacht nicht wieder verlassen.«

»Hat man ihn gefunden? Wo?«

»Man hat nicht ihn gefunden, aber seine Spuren in einem der Zimmer im sechsten Stock entdeckt ... Er muss heute Morgen hinausgegangen sein, als Ihre Frau sich mit den Journalisten herumschlug.«

»Ist es die Schuld meiner Frau?«

»Aber nein, gar nicht.«

Wären es nicht die überlangen Ferien, die sich die meisten der Mieter hier leisteten, hätten sich fünf oder sechs Hausangestellte im sechsten Stock aufgehalten, und die eine oder andere von ihnen hätte dem Mörder begegnen können.

Maigret zögerte, die Straße zu überqueren und

erneut ins Clairon zu gehen. Aber er betrat es schließlich doch und bestellte sich ein Glas Bier.

Wenig später sah er durchs Fenster Torrence aus dem Haus kommen. Er hatte genug davon, seinem Labor-Kollegen bei der Arbeit zuzusehen, und die gleiche Idee gehabt wie Maigret.

»Ach, hier sind Sie, Chef?«

»Ich habe eben Dolores vernommen.«

»Haben Sie etwas herausbekommen? War sie wenigstens angezogen?«

Torrence war noch ganz stolz und glücklich über seine Entdeckung. Er konnte nicht verstehen, warum Maigret besorgter und düsterer wirkte als am Morgen.

»Jetzt haben wir doch endlich eine Spur. Sie ahnen nicht, wie viele Fingerabdrücke es da oben gibt! Der Kollege ist ganz selig. Und wenn der Mörder vorbestraft ist, dann …«

»Ich bin ziemlich sicher, dass er nicht vorbestraft ist«, seufzte Maigret und trank sein Bier aus.

Und tatsächlich lieferte zwei Stunden später der für die Verbrecherkartei zuständige Beamte einen negativen Bescheid. Die Fingerabdrücke aus der Rue Notre-Dame des Champs entsprachen keinem der registrierten Fingerabdrücke von Leuten, die bereits mit dem Gesetz in Konflikt geraten waren.

Lapointe wiederum hatte den Nachmittag damit verbracht, das Foto von René Josselin unter den

Geschäftsleuten im Viertel, den Wärtern im Jardin du Luxembourg und den Stammgästen auf den Parkbänken herumzuzeigen. Manche erkannten ihn, andere nicht.

»Ich habe ihn jeden Morgen gesehen, er ging immer mit langsamen Schritten vorüber …«

»Er hat den Kindern beim Spielen zugesehen …«

»Er hat seine Zeitungen neben sich gelegt und dann angefangen zu lesen, manchmal rauchte er dabei eine Zigarre …«

»Er wirkte wie ein braver Mann …«

Weiß Gott!

in Berührung zu kommen, um sich das Milieu, in dem René Josselin gelebt hatte, besser vorstellen zu können.

Es gab unbestreitbar etwas, was er nicht zu fassen bekam. Man musste inzwischen davon ausgehen, dass der Mörder von draußen gekommen war. Das erweiterte die Möglichkeiten. Oder doch nicht? Schließlich stand fest, dass die Pistole aus der Kommodenschublade und der Schlüssel von seinem Nagel in der Küche genommen worden waren und dass der Mann im sechsten Stock sich nicht in der Zimmertür geirrt hatte.

Maigret ging wie so oft zu Fuß ins Büro. Heute tat er es bewusst, um sich eine Pause zu gönnen. Die Luft war abgekühlt. Die Leute wirkten schon weniger braun gebrannt und hatten zu ihren Alltagsgesichtern zurückgefunden.

Er kam gerade rechtzeitig zum Rapport, und mit einer Akte unterm Arm ging er ins Büro des Direktors, wo sich die anderen Abteilungsleiter schon versammelt hatten. Jeder berichtete dem Chef über seine laufenden Fälle. Der Leiter des Drogendezernats zum Beispiel empfahl, ein bestimmtes Nachtlokal schließen zu lassen, über das fast täglich Beschwerden bei ihm eingingen. Darrui von der Sitte hatte eine nächtliche Razzia an den Champs-Élysées veranstaltet, und nun warteten drei oder vier Dutzend wenig tugendhafte Damen im Polizeigewahrsam darauf, dass man über ihr Los entschied.

»Und Sie, Maigret?«

»Ich schlage mich mit lauter braven Leuten herum«, brummte er verstimmt.

»Kein Verdächtiger?«

»Noch nicht. Nur Fingerabdrücke, die in keiner unserer Karteien zu finden sind, mit anderen Worten, Fingerabdrücke eines anständigen Mannes.«

In der Nacht hatte es erneut ein schweres Verbrechen gegeben, ein wahres Gemetzel. Lucas, kaum aus dem Urlaub zurück, befasste sich damit. Im Augenblick saß er in seinem Büro, eingeschlossen mit dem Mörder, und versuchte dessen Erklärungen zu verstehen.

Die Sache hatte sich unter Polen ereignet, in einer Bruchbude nahe der Porte d'Italie. Ein Hilfsarbeiter, der schlecht Französisch sprach, ein ziemlich mickrig und schwächlich aussehender Mensch mit Vornamen Stéphane und unaussprechlichem Nachnamen, lebte dort mit einer Frau und vier kleinen Kindern.

Lucas hatte die Frau gesehen, bevor sie in die Klinik gebracht wurde, und behauptete, es sei eine prachtvolle Frau. Sie war nicht die Ehefrau des verhafteten Stéphane, sondern mit einem seiner Landsleute verheiratet, einem gewissen Majewski, der seit drei Jahren als Feldarbeiter auf Bauernhöfen im Norden arbeitete. Die beiden ältesten Kinder waren von Majewski. Was sich zwischen diesen Personen drei Jahre zuvor im Einzelnen zugetragen hatte, war schwer zu durchschauen.

»Er hat sie mir geschenkt«, wiederholte Stéphane beharrlich.

Einmal sagte er sogar:

»Er hat sie mir verkauft.«

Jedenfalls hatte vor drei Jahren der mickrige Stéphane den Platz seines Landsmanns in der Bude und im Bett der schönen Frau eingenommen. Der echte Ehemann war offenbar bereitwillig von dannen gezogen. Zwei weitere Kinder wurden geboren, und alle lebten in einem einzigen Zimmer wie Zigeuner in ihrem Wohnwagen.

Aber dann war Majewski plötzlich zurückgekehrt und hatte, während der andere bei der Arbeit war, ganz einfach seinen alten Platz wieder eingenommen.

Was hatten die beiden Männer nach Stéphanes Rückkehr miteinander gesprochen? Lucas bemühte sich, es herauszufinden. Das wurde dadurch erschwert, dass der Mann fast so wenig Französisch sprach wie das spanische oder südamerikanische Mädchen, das Maigret tags zuvor vernommen hatte.

Stéphane war also gegangen. Er hatte sich fast vierundzwanzig Stunden lang in dem Viertel herumgetrieben, nirgends geschlafen, mehrere Bistros aufgesucht und sich irgendwo ein scharfes Schlachtermesser beschafft. Er behauptete, er hätte es nicht gestohlen, und bestand darauf, als wäre es eine Frage der Ehre.

In der vergangenen Nacht war er in das Zimmer geschlichen, wo alle schliefen, und hatte den Ehemann mit vier oder fünf Messerstichen getötet. Dann stürzte er sich auf die schreiende, halb nackte Frau und stach zwei- oder dreimal zu, aber ehe er sie hatte umbringen können, waren Nachbarn herbeigeeilt.

Er war festgenommen worden, ohne Widerstand zu leisten. Im Büro von Lucas, der an der Schreibmaschine saß und langsam die Fragen und Antworten tippte, hörte Maigret dem Verhör eine Weile lang zu.

Der Mann saß auf einem Stuhl und rauchte eine Zigarette, die er bekommen hatte, neben ihm stand eine leere Kaffeetasse. Die Nachbarn hatten ihn übel zugerichtet. Der Hemdkragen war zerrissen, die Haare zerzaust und sein Gesicht zerkratzt.

Mit gerunzelter Stirn bemühte er sich zu verstehen, was Lucas sagte, dann dachte er nach und wiegte dabei den Kopf von links nach rechts und von rechts nach links.

»Er hat sie mir geschenkt«, wiederholte er schließlich, als erklärte das alles. »Er durfte sie mir nicht wieder wegnehmen.«

Es kam ihm ganz natürlich vor, dass er seinen ehemaligen Kumpel getötet hatte. Er hätte auch die Frau getötet, wenn niemand dazwischengegangen wäre. Hätte er auch die Kinder umgebracht? Auf diese Frage antwortete er nicht, vielleicht weil er es selbst nicht wusste. Er hatte nicht alles geplant. Er hatte beschlossen, Majewski und die Frau umzubringen. Alles Weitere …

Maigret kehrte zurück in sein Büro. Auf dem Schreibtisch lag ein Zettel mit der Nachricht, dass sich das Ehepaar aus der Rue de la Pompe, das im Theater hinter Madame Josselin und ihrer Tochter gesessen hatte, deutlich an die beiden Frauen erinnerte. Sie seien während der ersten Pause nicht hinausgegangen, sondern nur während der zweiten, und hätten ihre Plätze, lange bevor sich der Vorhang hob, wieder eingenommen. Während der Vorstellung hätten sie den Saal nicht verlassen.

Lapointe kam herein und fragte:

»Was soll ich heute tun, Chef?«

»Dasselbe wie gestern Nachmittag.«

Mit anderen Worten, er sollte den morgendlichen Spazierweg von René Josselin nachgehen und sich dabei unter den Leuten umhören.

»Er wird doch hin und wieder mit jemandem gesprochen haben. Versuch's noch einmal, zur selben Zeit wie er … Hast du noch ein zweites Foto von ihm? Gib es mir …«

Maigret steckte es ein, für alle Fälle. Dann stieg er in einen Autobus zum Boulevard du Montparnasse und musste seine Pfeife ausmachen, denn es war ein Bus ohne Plattform.

Er brauchte diesen ständigen Kontakt zur Rue Notre-Dame des Champs. Manche behaupteten, er wolle immer alles selbst machen, auch das langweilige Überwachen verdächtiger Personen, als hätte er kein Vertrauen zu seinen Inspektoren. Sie konnten nicht begreifen, dass es für ihn eine Notwendigkeit war. Er musste sich ein Bild von dem Leben der Menschen machen, sich in sie hineinversetzen, um nachzuempfinden, wie sie lebten.

Am liebsten hätte er sich in der Wohnung der Josselins mit den beiden Frauen zu Tisch gesetzt, hätte vielleicht Véronique nach Hause begleitet, um zu sehen, wie sie sich ihrem Mann und den Kindern gegenüber verhielt.

Am liebsten wäre er selbst den Weg gegangen, den Josselin allmorgendlich gemacht hatte, hätte das gesehen, was Josselin gesehen hatte, sich auf dieselben Parkbänke gesetzt.

Um diese Zeit war die Concierge wieder damit beschäftigt, die Milchflaschen zu sterilisieren, und sie trug wieder ihre weiße Schürze.

»Man hat die Leiche soeben zurückgebracht«, berichtete sie ihm ganz aufgeregt.

»Ist die Tochter oben?«

»Sie ist vor etwa einer halben Stunde gekommen. Ihr Mann hat sie hergebracht.«

»Ist er auch hinaufgegangen?«

»Nein. Er hatte es wohl eilig.«

»Ist sonst jemand in der Wohnung?«

»Die Leute vom Bestattungsinstitut. Sie haben schon alles für die Aufbahrung hinaufgebracht.«

»War Madame Josselin letzte Nacht allein?«

»Nein. Ihr Schwiegersohn ist gegen acht Uhr abends gekommen, mit einer Dame mittleren Alters. Sie hatte einen kleinen Koffer bei sich und ist oben geblieben, als er gegangen ist. Vermutlich eine Krankenschwester oder Pflegerin. Madame Manu ist heute Morgen wie immer um sieben gekommen, jetzt macht sie gerade ihre Besorgungen.«

Er erinnerte sich nicht, ob er ihr die Frage schon gestellt hatte. Wenn ja, wiederholte er sie, denn sie beunruhigte ihn.

»Haben Sie, vor allem in der letzten Zeit, jemanden bemerkt, der in der Nähe des Hauses zu warten schien?«

Sie schüttelte den Kopf.

»Hat Madame Josselin manchmal in Abwesenheit ihres Mannes jemanden empfangen?«

»In den sechs Jahren, die ich hier bin, nicht.«

»Und er? Er war nachmittags oft allein. Hat ihn nie jemand besucht? Ist er vielleicht für ein paar Minuten weggegangen?«

»Meines Wissens nicht … Das wäre mir wohl aufgefallen … Wenn nichts Ungewöhnliches geschieht, macht man sich über so etwas keine Gedanken. Ich habe mich um die Josselins nicht mehr als um die anderen Mieter gekümmert, sogar eher weniger, eben weil es mit ihnen nie irgendwelche Probleme gab.«

»Wissen Sie, aus welcher Richtung Monsieur Josselin zurückkam?«

»Je nachdem. Ich habe ihn vom Luxembourg zurückkommen sehen, aber manchmal nahm er auch den Weg über die Kreuzung Montparnasse und durch die Rue Vavin … Er war ja schließlich kein Automat, nicht wahr?«

»Immer allein?«

»Immer allein.«

»Ist Doktor Larue noch einmal gekommen?«

»Gestern gegen Abend, er blieb ziemlich lange oben.«

Noch jemand, den Maigret gern wiedersehen würde. Jeder schien ihm etwas Wichtiges mitteilen zu können. Er unterstellte ihnen nicht unbedingt, dass sie logen, aber dass sie, absichtlich oder nicht, einen Teil der Wahrheit verschwiegen.

Vor allem Madame Josselin. Sie war bisher keinen Augenblick entspannt gewesen. Man spürte, dass sie ständig auf der Hut war, dass sie versuchte, seine Fragen im Voraus zu erraten, und sich die Antworten zurechtlegte.

»Ich danke Ihnen, Madame Bonnet. Geht es dem Baby gut? Hat es die Nacht durchgeschlafen?«

»Es ist nur einmal aufgewacht, aber sofort wieder eingeschlafen. Seltsam, in jener Nacht war es so unruhig, als hätte es gespürt, dass etwas passiert.«

Es war halb elf. Lapointe war gewiss dabei, die Leute im Jardin du Luxembourg zu befragen und ihnen das Foto zu zeigen. Sie würden es aufmerksam betrachten und mit ernster Miene den Kopf schütteln.

Maigret beschloss, es seinerseits zu versuchen, zunächst am Boulevard du Montparnasse und dann vielleicht am Boulevard Saint-Michel. Zunächst einmal ging er in die kleine Bar, in der er tags zuvor drei Bier getrunken hatte.

Sofort fragte ihn der Kellner, als wäre er ein Stammgast:

»Wie immer?«

Ohne zu überlegen, nickte er, obwohl er eigentlich keine Lust auf ein Bier hatte.

»Kannten Sie Monsieur Josselin?«

»Ich wusste nicht, wie er heißt. Als ich sein Foto in der Zeitung gesehen habe, habe ich mich an ihn erinnert. Früher hatte er einen Hund, einen alten Wolfshund, ganz steif vom Rheuma … Er trottete mit gesenktem Kopf hinter ihm her … Aber das war vor sieben oder acht Jahren. Ich bin jetzt fünfzehn Jahre hier.«

5

Hatte es in der Nacht lange geregnet? Maigret hatte nichts davon bemerkt, aber er war froh, als er nach dem Aufstehen entdeckte, dass die Gehsteige fast schwarz waren, mit noch nass glänzenden Stellen, in denen sich echte Wolken spiegelten, nicht die leichten rosigen Wölkchen der vergangenen Tage, sondern regenschwere Wolken mit dunklen Rändern.

Er wünschte sich sehnlichst, dass der Sommer und die Ferien endlich zu Ende gingen und dass jeder wieder an seinem Platz zu finden war. Immer wenn er auf der Straße einer jungen Frau begegnete, die in einer enganliegenden Hose, wie sie vielleicht an einem Strand getragen wurde, und mit nackten gebräunten Füßen in Sandalen lässig durch Paris ging, runzelte er die Stirn.

Es war Samstag. Gleich als Erstes am Morgen hatte er die Absicht gehabt, Jouane in der Rue du Saint-Gothard noch einmal aufzusuchen, übrigens ohne recht zu wissen, warum. Er hatte das Bedürfnis, sie alle wiederzusehen, weniger, um ihnen präzise Fragen zu stellen, als um mit ihnen

»Was ist aus dem Hund geworden?«

»Er ist bestimmt an Altersschwäche gestorben. Ich glaube, es war vor allem der Hund der Tochter … Auch an sie kann ich mich gut erinnern.«

»Haben Sie Monsieur Josselin einmal in Begleitung eines Mannes gesehen? Oder bemerkt, dass jemand auf ihn wartete, wenn er aus dem Haus kam?«

»Nein … Wissen Sie, ich kannte ihn nur vom Sehen … Er ist nie hier hereingekommen. Eines Morgens am Boulevard Saint-Michel habe ich ihn aus dem PMU-Wettbüro kommen sehen … Das hat mich erstaunt. Ich wette jeden Sonntag mit zwei anderen zusammen, aber dass ein Mann wie er beim Pferderennen wettet, das hat mich überrascht.«

»Haben Sie ihn nur das eine Mal dort gesehen?«

»Ja. Ich bin allerdings selten um diese Zeit unterwegs.«

»Ich danke Ihnen.«

Nebenan war ein Lebensmittelgeschäft. Maigret betrat es mit dem Foto in der Hand.

»Kennen Sie diesen Mann?«

»Aber natürlich. Das ist Monsieur Josselin.«

»Kam er manchmal zu Ihnen?«

»Nicht er. Seine Frau. Sie sind schon mehr als fünfzehn Jahre unsere Kunden.«

»Machte sie ihre Besorgungen immer selbst?«

»Sie kam vorbei, gab ihre Bestellung auf, und dann wurde ihr alles geschickt … Manchmal kam auch das Dienstmädchen und früher gelegentlich ihre Tochter.«

»Haben Sie sie nie in Begleitung eines Mannes gesehen?«

»Madame Josselin?«

Man sah ihn verblüfft, wenn nicht vorwurfsvoll an.

»Das ist keine Frau, die sich mit Männern trifft, und schon gar nicht hier im Viertel …«

Nun, es half nichts. Er würde seine Fragen trotzdem weiter stellen. Er betrat eine Metzgerei.

»Kennen Sie …«

Die Josselins waren keine Kunden dieser Metzgerei, und die Antwort fiel ziemlich kühl aus.

Wieder eine Bar. Er trat ein, bestellte, da er nun einmal mit Bier begonnen hatte, ein Bier und zog das Foto hervor.

»Mir scheint, das ist jemand aus dem Viertel …«

Wie viele Personen würden Lapointe und er, jeder für sich, auf diese Weise befragen? Und doch konnten sie nur auf einen Zufall hoffen. Immerhin hatte der Zufall schon eine Rolle gespielt. Maigret wusste jetzt, dass René Josselin eine Leidenschaft gehabt hatte, so harmlos sie auch sein mochte, vielleicht ein Spleen, eine Gewohnheit: Er wettete bei Pferderennen.

Ob er große Summen gesetzt hatte? Oder hatte er sich mit bescheidenen Einsätzen begnügt, nur zum Spaß? Wusste seine Frau davon? Maigret hätte schwören mögen, dass sie nichts davon wusste. Es passte nicht zur Wohnung in der Rue Notre-Dame des Champs, zu den Menschen dort, so wie er sie kennengelernt hatte.

Es gab also einen kleinen Anhaltspunkt. Warum sollte es nicht noch weitere geben?

»Verzeihung, Madame … Kennen Sie …«

Wieder einmal zeigte er das Foto. Ein Kopfschütteln. Er ging ein Stück weiter und betrat eine andere Metzgerei. Diesmal war es die richtige, die, in der Madame Josselin oder Madame Manu einkauften.

»Man hat ihn fast immer zur gleichen Stunde vorübergehen sehen.«

»Allein?«

»Es sei denn, er begegnete auf dem Rückweg zufällig seiner Frau.«

»Und sie? War sie auch immer allein?«

»Einmal ist sie mit einem kleinen Jungen gekommen, der gerade erst laufen gelernt hatte, ihr Enkel.«

Maigret ging in eine Brasserie am Boulevard du Montparnasse. Um diese Zeit war fast kein Mensch da. Der Kellner fegte den Boden.

»Geben Sie mir irgendetwas zu trinken, aber kein Bier«, sagte Maigret.

»Einen Aperitif? Einen Cognac mit Wasser?«

»Einen Cognac.«

Und hier, wo er am wenigsten damit gerechnet hatte, brachte er etwas in Erfahrung.

»Ja, ich kenne ihn. Ich habe sofort an ihn gedacht, als ich sein Bild in der Zeitung gesehen habe. Nur war er in der letzten Zeit nicht mehr ganz so dick.«

»Kam er manchmal hierher auf ein Glas?«

»Nicht oft … Er war vielleicht fünf- oder sechsmal hier. Immer wenn es ganz leer war. Darum ist er mir aufgefallen …«

»Um diese Zeit?«

»Ja, so ungefähr … Vielleicht etwas später.«

»War er allein?«

»Nein. Es war jemand bei ihm, jedes Mal, und sie haben sich ganz hinten in den Raum gesetzt.«

»Eine Frau?«

»Ein Mann.«

»Was für eine Art von Mann?«

»Gut angezogen, etwas jünger … Ich würde sagen, vierzig oder fünfundvierzig …«

»Schienen sie etwas zu besprechen?«

»Sie unterhielten sich leise, ich konnte nichts verstehen.«

»Wann waren sie das letzte Mal hier?«

»Vor drei oder vier Tagen.«

Maigret traute seinen Ohren nicht.

»Sind Sie sicher, dass es wirklich dieser Mann war?«

Er zeigte ihm abermals das Foto. Der Kellner betrachtete es noch aufmerksamer.

»Aber wenn ich's doch sage! Warten Sie, er hatte sogar Zeitungen dabei, drei oder vier mindestens, und als er gegangen war, bin ich ihm noch hinterhergelaufen, denn er hatte sie auf der Bank liegen lassen.«

»Würden Sie den Mann wiedererkennen, der ihn begleitet hat?«

»Vielleicht. Er war groß, braunes Haar … Er trug einen hellen, gut geschnittenen Anzug aus leichtem Stoff.«

»Wirkte es, als würden sie streiten?«

»Nein. Sie waren ernst, aber sie stritten nicht.«

»Was haben sie zu trinken bestellt?«

»Der Dicke, Monsieur Josselin, ein kleines Mineralwasser, der andere einen Whisky. Offenbar kannte er sich aus, denn er bestellte eine bestimmte Marke. Als ich die nicht dahatte, hat er eine andere genannt.«

»Wie lange sind sie geblieben?«

»Vielleicht zwanzig Minuten … vielleicht etwas länger.«

»Haben Sie die beiden noch einmal zusammen gesehen?«

»Ich könnte schwören, dass es derselbe Mann war,

der Monsieur Josselin begleitete, als er vor einigen Monaten herkam, lange vor den Ferien. Den Mann habe ich dann übrigens noch einmal hier gesehen.«

»Wann?«

»An demselben Tag, nachmittags … Oder war es doch am nächsten? … Nein, nein, es war derselbe Tag.«

»Also in dieser Woche?«

»Ja sicher, in dieser Woche … Dienstag oder Mittwoch.«

»War er allein?«

»Er ist eine ganze Weile geblieben und hat eine Abendzeitung gelesen. Er hatte den gleichen Whisky wie vormittags bestellt … Dann hat sich eine Dame zu ihm an den Tisch gesetzt.«

»Kannten Sie sie?«

»Nein.«

»Eine junge Frau?«

»Mittleren Alters. Weder jung noch alt. Eine richtige Dame.«

»Wirkte es so, als würden sich die beiden gut kennen?«

»Bestimmt … Sie schien es eilig zu haben. Sie hat sich neben ihn gesetzt, und als ich hinging, um die Bestellung aufzunehmen, hat sie abgewinkt. Sie wollte nichts trinken.«

»Sind sie lange geblieben?«

»Etwa zehn Minuten. Sie sind nicht zusammen

aufgebrochen. Die Frau ging als Erste. Der Mann hat noch ein weiteres Glas getrunken, bevor auch er ging.«

»Sind Sie sicher, dass es derselbe Mann war, der Monsieur Josselin am Morgen begleitet hatte?«

»Absolut sicher. Er hat auch den gleichen Whisky getrunken.«

»Wirkte er auf Sie wie jemand, der viel trinkt?«

»Wie einer, der trinkt, aber eine ganze Menge verträgt. Er war nicht betrunken, wenn Sie das meinen, aber er hatte Tränensäcke unter den Augen.«

»War es das einzige Mal, dass Sie den Mann und die Frau zusammen gesehen haben?«

»Das einzige Mal, an das ich mich erinnere jedenfalls. Manchmal achtet man weniger auf die Gäste. Außerdem gibt es hier auch noch andere Kellner.«

Maigret bezahlte und ging hinaus. Er fragte sich, was er nun tun sollte. Es reizte ihn zwar, gleich in die Rue Notre-Dame des Champs zu gehen, zugleich aber widerstrebte es ihm auch, so kurz nachdem man der Familie den Leichnam zurückgebracht hatte, dort aufzutauchen.

Er ging lieber weiter Richtung Brasserie Closerie des Lilas, betrat unterwegs weitere Geschäfte und zeigte immer wieder, wenn auch etwas halbherziger, das Foto.

So lernte er die Gemüsehändlerin der Josselins

kennen, den Schuster, der ihre Schuhe flickte, ihre Stammkonditorei.

Als er den Boulevard Saint-Michel erreichte, beschloss er, ihn bis zum Haupteingang des Jardin du Luxembourg hinunterzugehen. So machte er Josselins täglichen Spaziergang, allerdings in umgekehrter Richtung. Gegenüber vom Tor war der Kiosk, wo Josselin seine Zeitungen gekauft hatte.

Das Foto vorzeigen. Fragen stellen, immer dieselben. Er war darauf gefasst, jeden Moment den jungen Lapointe auftauchen zu sehen, der sich aus entgegengesetzter Richtung auf ihn zuarbeitete.

»Ja, das ist er. Ich habe seine Zeitungen und Zeitschriften für ihn beiseitegelegt.«

»War er immer allein?«

Die alte Frau dachte nach.

»Ein- oder zweimal, glaube ich …«

Einmal, als jemand neben Josselin stand, hatte sie gefragt: »Und für Sie?«

Und der Mann hatte geantwortet: »Ich gehöre zu dem Herrn.«

Er war groß und braunhaarig, soweit sie sich erinnerte. Wann das war? Im Frühling, als die Kastanien blühten.

»Haben Sie ihn in letzter Zeit wiedergesehen?«

»Er ist mir nicht aufgefallen …«

In dem Bistro mit Wettbüro stieß Maigret auf Lapointe.

»Hat man es Ihnen also auch erzählt?«, fragte dieser verwundert.

»Was?«

»Dass er regelmäßig herkam …«

Lapointe hatte schon den Wirt befragt. Der Mann kannte Josselin zwar nicht mit Namen, stellte aber fest:

»Er kam zwei- bis dreimal in der Woche her und setzte jedes Mal fünftausend Franc.«

Nein, er habe nicht gewirkt wie jemand, der viel von Rennen verstand. Er habe auch nie eine Rennzeitung dabeigehabt und nie die Rennlisten studiert.

»Es gibt mittlerweile ziemlich viele wie ihn. Sie wissen nicht, zu welchem Stall ein Pferd gehört und auch nicht, was das Wort Handicap bedeutet … Sie setzen ihre Zahlen zusammen wie beim Lotto und verlangen einen Wettschein, der auf bestimmte Ziffern endet.«

»Hat er manchmal gewonnen?«

»Ein- oder zweimal.«

Maigret und Lapointe gingen zusammen durch den Jardin du Luxembourg. Auf Eisenstühlen saßen Studenten, vertieft in ihre Bücher, Liebespaare standen eng beieinander und sahen verträumt zu den Kindern hinüber, die unter der Aufsicht ihrer Mutter oder des Mädchens spielten.

»Denken Sie, dass Josselin Geheimnisse vor seiner Frau hatte?«

»Ich habe den Eindruck. Ich werde es bald erfahren.«

»Haben Sie vor, sie danach zu fragen? Soll ich mitkommen?«

»Ja, es wäre mir lieb, wenn du dabei wärst.«

Der Wagen des Bestattungsinstituts stand nicht mehr vor dem Haus. Maigret und Lapointe fuhren im Fahrstuhl hinauf, klingelten, und wieder öffnete Madame Manu die Tür nur einen Spaltbreit, ohne die Kette auszuhängen.

»Ach, Sie sind's …«

Sie führte sie ins Wohnzimmer, wo sich nichts verändert hatte. Die Tür zum Esszimmer stand offen, und am Fenster saß eine ältere Dame, die strickte. Vermutlich die Krankenschwester oder Pflegerin, die Doktor Fabre hergebracht hatte.

»Madame Fabre ist soeben nach Hause gefahren. Soll ich Madame Josselin Bescheid sagen?«

Und ganz leise fügte die Putzfrau hinzu:

»Monsieur ist dort …«

Sie deutete auf Véroniques altes Zimmer und verschwand dann, um den Besuch zu melden. Madame Josselin befand sich nicht in dem Zimmer, in dem der Tote aufgebahrt lag, sondern in ihrem eigenen, und sie erschien dunkel gekleidet wie am Tag zuvor, Hals und Ohren mit grauen Perlen geschmückt.

Offenbar hatte sie auch jetzt nicht geweint. Ihre Augen waren noch immer starr, der Blick stechend.

»Sie möchten mich sprechen?«

Neugierig sah sie Lapointe an.

»Einer meiner Inspektoren«, murmelte Maigret. »Entschuldigen Sie, dass ich Sie schon wieder belästige.«

Sie bot den beiden keinen Platz an, als vermutete sie, dass der Besuch nicht lange dauern würde. Sie stellte auch keine Fragen, sondern wartete, wobei sie den Kommissar fest ansah.

»Die Frage wird Ihnen gewiss nichtig erscheinen, aber ich möchte Sie trotzdem fragen, ob Ihr Mann Spieler war.«

Sie zuckte nicht zusammen. Maigret hatte sogar das Gefühl, dass sie eine gewisse Erleichterung empfand und dass sich ihre Lippen ein wenig entspannten, als sie antwortete:

»Er spielte Schach. Meistens mit unserem Schwiegersohn, manchmal, wenn auch selten, mit Doktor Larue.«

»Spekulierte er an der Börse?«

»Nie! Spekulation war ihm zuwider. Man hat ihm vor einigen Jahren vorgeschlagen, seine Firma in eine Aktiengesellschaft zu verwandeln, aber das hat er empört abgelehnt.«

»Kaufte er Lose der Nationallotterie?«

»Ich habe nie eins in der Wohnung gesehen …«

»Und auch bei Pferderennen hat er nicht gewettet?«

»Ich glaube, wir sind in unserem ganzen Leben nicht öfter als zehnmal in Longchamp oder Auteuil gewesen … Einmal, vor langer Zeit, hat er mich nach Chantilly mitgenommen, wo das Rennen um den Diana-Preis stattfand. Aber er hat dort nicht gewettet.«

»Hätte er nicht in einem PMU-Wettbüro wetten können?«

»PMU? Was ist das?«

»Es bedeutet *Pari Mutuel Urbain*. Überall in Paris und in der Provinz gibt es solche Büros, meistens in Cafés oder Bars, wo man Pferdewetten abschließen kann.«

»Mein Mann verkehrte nicht in solchen Lokalen.«

In ihrer Stimme klang Verachtung mit.

»Sie wohl auch nicht?«

Ihr Gesichtsausdruck wurde noch härter, und Maigret fragte sich, ob sie gleich ärgerlich werden würde.

»Warum fragen Sie mich das?«

Er zögerte, sein Verhör noch weiter voranzutreiben. War es klug, sie jetzt schon vorzuwarnen? Ein peinliches Schweigen entstand zwischen ihnen. Die ältere Dame war aufgestanden und hatte diskret die Esszimmertür geschlossen.

Hinter einer anderen Tür war ein Toter aufgebahrt. Die Wände mit schwarzem Stoff bespannt, vermutlich brennende Kerzen, ein Buchsbaumzweig in einer Schale mit geweihtem Wasser.

Die Frau, der Maigret gegenüberstand, war die Witwe dieses Mannes, das durfte er nicht vergessen. Sie war mit ihrer Tochter im Theater gewesen, als ihr Ehemann ermordet wurde.

»Erlauben Sie mir die Frage, ob Sie in dieser Woche, am Dienstag oder Mittwoch, zufällig in einem Lokal gewesen sind … in einer Brasserie hier im Viertel.«

»Meine Tochter und ich waren nach dem Theater etwas trinken. Meine Tochter hatte großen Durst. Wir sind aber nicht lang geblieben.«

»Wo war das?«

»In der Rue Royale.«

»Ich spreche von Dienstag oder Mittwoch und von einer Brasserie im Viertel.«

»Ich verstehe nicht, was Sie meinen.«

Maigret war die Rolle unangenehm, die er spielen musste. Er hatte das Gefühl, dass er ins Schwarze getroffen hatte und dass Madame Josselin all ihre Kräfte aufbieten musste, um sich die Panik nicht anmerken zu lassen.

Es hatte nur wenige Sekunden gedauert, und sie hatte den Blick nicht von ihm abgewandt.

»Jemand hätte sich aus irgendeinem Grund hier in der Nähe, am Boulevard du Montparnasse zum Beispiel, mit Ihnen treffen können.«

»Es hat sich niemand mit mir getroffen.«

»Darf ich Sie bitten, mir ein Foto von Ihnen zu überlassen?«

Sie war nahe daran, zu antworten:

»Was wollen Sie damit?«

Aber sie beherrschte sich und murmelte nur:

»Das kann ich Ihnen wohl nicht abschlagen …«

Hiermit schienen die Feindseligkeiten eröffnet. Sie verließ das Zimmer, ging ins Schlafzimmer, ließ die Tür offen stehen und kramte in einer Schublade, die voller Papiere sein musste.

Als sie zurückkam, reichte sie ihm ein vier oder fünf Jahre altes Passfoto.

»Das dürfte wohl genügen?«

Maigret ließ sich viel Zeit, als er es in seine Brieftasche steckte.

»Ihr Mann hat auf Pferde gewettet«, sagte er dabei.

»Das geschah dann ohne mein Wissen. Ist es verboten?«

»Es ist nicht verboten, Madame, aber wenn wir eine Chance haben wollen, seinen Mörder zu finden, müssen wir alles wissen. Ich kenne dieses Haus erst seit drei Tagen. Ich wusste weder etwas von Ihrer Existenz noch der Ihres Mannes. Ich habe Sie um Ihre Mitarbeit gebeten.«

»Ich habe Ihnen geantwortet.«

»Ich wünschte, Sie hätten mir schon eher davon erzählt.«

Da der Krieg nun zwischen ihnen ausgebrochen war, ging er zum Angriff über.

»In der Mordnacht habe ich nicht darauf bestanden, Sie zu sprechen, denn Doktor Larue sagte, dass Sie wie versteinert waren … Als ich gestern kam …«

»… habe ich Sie empfangen.«

»Und was haben Sie mir gesagt?«

»Was ich Ihnen sagen konnte.«

»Das heißt?«

»Was ich wusste.«

»Sind Sie sicher, dass Sie mir alles gesagt haben? Sind Sie sicher, dass Ihre Tochter und Ihr Schwiegersohn nicht etwas vor mir verbergen?«

»Unterstellen Sie uns, dass wir lügen?«

Ihre Lippen zitterten ein wenig. Es kostete sie vermutlich große Anstrengung, Maigret gegenüber, dessen Gesicht leicht gerötet war, ruhig und gefasst zu bleiben. Lapointe war unangenehm berührt und wusste nicht, wohin er schauen sollte.

»Vielleicht nicht, dass Sie lügen. Aber dass Sie uns gewisse Dinge verschweigen. Ich weiß zum Beispiel, dass Ihr Mann Rennwetten abschloss.«

»Und was haben Sie davon?«

»Wenn Sie davon nichts wussten, wenn Sie nie auch nur den Verdacht hatten, dann beweist das, dass er etwas vor Ihnen verbergen konnte, und wenn er das vor Ihnen verborgen hat …«

»Vielleicht hat er nicht daran gedacht, mir davon zu erzählen.«

»Das wäre plausibel, wenn er nur ein- oder zweimal, sozusagen zufällig, gewettet hätte. Aber es war eine Angewohnheit, er setzte jede Woche mehrere tausend Franc.«

»Worauf wollen Sie hinaus?«

»Sie haben so getan, als wüssten Sie alles über ihn, und Sie bleiben dabei. Sie haben gesagt, dass Sie Ihrerseits keine Geheimnisse vor ihm gehabt hätten …«

»Ich verstehe nicht, was das mit dem …«

»Nehmen wir einmal an, er hätte sich am Dienstag oder Mittwoch mit jemandem in einer Brasserie am Boulevard du Montparnasse getroffen …«

»Wurde er dort gesehen?«

»Es gibt mindestens einen Zeugen.«

»Mag sein, dass er einen alten Kollegen oder ehemaligen Angestellten getroffen und ihn auf ein Glas eingeladen hat.«

»Sie sagten, er habe nicht in solchen Lokalen verkehrt.«

»Ich will nicht ausschließen, dass er in dem Fall …«

»Aber er hat Ihnen nichts davon erzählt?«

»Nein.«

»Hat er Ihnen nicht bei seiner Rückkehr erzählt: ›Ich habe übrigens den Soundso getroffen‹?«

»Ich kann mich nicht erinnern.«

»Würden Sie sich daran erinnern, wenn es so gewesen wäre?«

»Wahrscheinlich.«

»Und wenn Sie sich nun Ihrerseits mit einem Mann, den Sie gut kennen, in einem Lokal verabredet und dort etwa zehn Minuten mit ihm zusammen gesessen hätten, während er einen Whisky trank …«

Ihm trat der Schweiß auf die Stirn, unwillkürlich trommelte er mit den Fingern auf seiner erloschenen Pfeife herum.

»Ich verstehe immer noch nicht.«

»Entschuldigen Sie, dass ich Sie gestört habe. Ich werde vermutlich noch einmal wiederkommen. Ich bitte Sie, bis dahin noch einmal über alles nachzudenken … Jemand hat Ihren Mann ermordet, und dieser Jemand läuft momentan frei herum … Vielleicht wird er es wieder tun.«

Sie war leichenblass, aber sie zuckte noch immer nicht mit der Wimper, ging zur Tür, verabschiedete sich nur mit einem kühlen Nicken und schloss die Tür hinter ihnen.

Im Fahrstuhl wischte sich Maigret die Stirn mit seinem Taschentuch. Man hätte meinen können, er wich Lapointes Blick aus, als fürchtete er einen Vorwurf darin zu sehen, und stammelte:

»Es musste sein …«

6

Die beiden Männer standen wenige Schritte von dem Haus entfernt auf dem Gehsteig, wie Leute, die sich noch nicht trennen mögen. Ein sehr feiner, kaum sichtbarer Regen hatte eingesetzt, und vom Ende der Straße her erklangen dünne Glockenschläge, denen aus einer anderen Richtung andere antworteten und dann weitere aus wieder einer anderen Richtung.

Einen Katzensprung von Montparnasse und seinen Nachtlokalen entfernt, befand sich am Rand des Jardin du Luxembourg nicht nur eine friedliche Insel der Bürgerlichkeit, sondern auch eine Ansammlung von Klöstern. Außer den Petites Sœurs des Pauvres gab es dort die Ordensgemeinschaft der Dienerinnen Mariens, unweit davon, in der Rue Vavin, die der Sionsschwestern und in der Rue Notre-Dame des Champs am anderen Ende die der Augustinerinnen.

Maigret, der dem Glockenklang zu lauschen schien, atmete die tröpfchenfeuchte Luft ein und sagte dann nach einem tiefen Seufzer zu Lapointe:

»Du fährst jetzt schnell in die Rue du Saint-

Gothard. Mit dem Taxi dauert es nur wenige Minuten. Heute am Samstag werden die Büros und Werkstätten wahrscheinlich geschlossen sein. Wenn Jouane ähnlich ist wie sein ehemaliger Chef, wird er möglicherweise trotzdem dort sein, um in Ruhe irgendetwas Dringendes zu erledigen. Sollte er nicht da sein, triffst du bestimmt einen Pförtner oder Wächter an. Erkundige dich notfalls nach Jouanes privater Telefonnummer und rufe ihn an.

Ich möchte, dass du mir ein gerahmtes Foto bringst. Es hängt in seinem Büro. Als ich mich gestern mit ihm unterhielt, habe ich es ganz gedankenlos betrachtet, ohne zu ahnen, dass es nützlich sein könnte. Es ist ein Gruppenbild mit René Josselin in der Mitte, links und rechts von ihm Jouane und vermutlich Goulet, und dahinter stehen aufgereiht Mitarbeiter der Firma, Männer und Frauen, etwa dreißig Personen insgesamt.

Es sind natürlich nicht alle Arbeiterinnen darauf; nur die Angestellten, die zum alten Stamm gehören, oder die, die besonders wichtige Posten innehaben. Vermutlich wurde das Foto anlässlich eines Geburtstags aufgenommen, oder als Josselin die Firma aufgegeben hat.«

»Wo finde ich Sie später? Im Büro?«

»Nein. Komm in die Brasserie am Boulevard du Montparnasse, in der ich vorhin war.«

»Welche ist das?«

»Ich glaube, sie heißt Brasserie Franco-Italienne. Neben einem Geschäft für Maler- und Bildhauerbedarf.«

Er machte sich auf den Weg dorthin, mit eingezogenem Kopf, zog an seiner Pfeife, die er sich gerade angesteckt hatte und die zum ersten Mal in diesem Jahr herbstlich schmeckte.

Es war ihm etwas unangenehm, dass er Madame Josselin gegenüber so streng gewesen war. Er wusste, dass es damit keineswegs getan war, sondern dass es überhaupt erst losging. Wahrscheinlich verbarg sie etwas vor ihm oder belog ihn. Und es war sein Beruf, die Wahrheit zu entdecken.

Es fiel Maigret immer schwer, jemanden in die Enge zu treiben. Das reichte sehr weit zurück, bis in seine frühe Kindheit, in sein erstes Schuljahr in seinem Dorf im Allier.

Damals hatte er zum ersten Mal in seinem Leben bewusst gelogen. In der Schule wurden Lehrbücher an die Schüler verteilt. Sie waren schon benutzt und nicht mehr ganz sauber, aber manche Schüler beschafften sich schöne neue Bücher, die seinen Neid erregten.

Er hatte unter anderen einen Katechismus mit grünlichem Einband und schon vergilbten Seiten bekommen, während einige reichere Mitschüler sich neue Katechismen gekauft hatten, mit einem verlockenden rosa Einband.

»Ich habe meinen Katechismus verloren«, hatte er eines Abends zu seinem Vater gesagt. »Ich habe es dem Lehrer gemeldet, und er hat mir einen neuen gegeben.«

Aber er hatte ihn gar nicht verloren. Er hatte ihn auf dem Dachboden versteckt, weil er nicht wagte, ihn zu vernichten.

An jenem Abend war er lange nicht eingeschlafen. Er fühlte sich schuldig und war davon überzeugt, dass sein Schwindel eines Tages ans Licht kommen würde. Am nächsten Tag machte ihm sein neuer Katechismus gar keine Freude mehr.

Drei, vielleicht vier Tage hatte er gelitten, bis er schließlich mit seinem Buch in der Hand zu dem Lehrer gegangen war.

»Ich habe den alten wiedergefunden«, hatte er gestammelt, rot im Gesicht und mit trockener Kehle. »Mein Vater hat gesagt, ich soll Ihnen diesen zurückgeben …«

Er erinnerte sich noch an den Blick des Lehrers, einen zugleich wissenden und wohlwollenden Blick. Er war sicher, der Mann hatte alles erraten und verstanden.

»Freust du dich, dass du ihn wiedergefunden hast?«

»O ja, Herr Lehrer.«

Sein ganzes Leben war er ihm dankbar dafür gewesen, dass er ihn nicht gezwungen hatte, seine

Lüge einzugestehen, und ihm die Demütigung erspart hatte.

Madame Josselin log auch. Aber sie war kein Kind mehr. Sie war eine erwachsene Frau, Mutter und Witwe. Er hatte sie sozusagen gezwungen zu lügen, und andere aus ihrer Familie logen wahrscheinlich aus dem einen oder anderen Grund auch.

Er hätte ihnen gern eine Brücke gebaut und ihnen diese schreckliche Kraftprobe mit der Wahrheit erspart. Es waren brave Leute, das wollte er gern glauben, er war sogar davon überzeugt. Weder Madame Josselin noch Véronique, noch Fabre hatten den Mord begangen.

Und doch verbargen sie alle etwas vor ihm. Vermutlich etwas, das es ihm ermöglichen würde, den Mörder zu fassen.

Er warf einen Blick auf die gegenüberliegenden Häuser. Vielleicht würde es notwendig sein, alle Bewohner der Straße, einen nach dem anderen, zu verhören, all jene, die von ihrem Fenster aus irgendein interessantes Detail hatten beobachten können.

Josselin hatte sich am Tag vor seinem Tod oder an dem Tag selbst – der Kellner war sich nicht ganz sicher – mit einem Mann getroffen. Maigret wollte in Erfahrung bringen, ob es tatsächlich Madame Josselin war, die sich mit eben diesem

Mann in der nachmittäglichen Stille einer Brasserie getroffen hatte.

Als er diese wenig später betrat, war die Atmosphäre verändert. Gäste saßen beim Aperitif, eine Reihe von Tischen war schon zum Mittagessen eingedeckt.

Maigret setzte sich an denselben Platz wie am Morgen. Derselbe Kellner kam an den Tisch, als wäre Maigret ein Stammgast, und der Kommissar nahm das Passfoto aus seiner Brieftasche.

»Ist sie das?«

Der Kellner setzte seine Brille auf und betrachtete das kleine Bild sehr genau.

»Sie hat hier zwar keinen Hut auf, aber ich bin fast sicher, dass es die Frau ist.«

»Fast?«

»Nein, ganz sicher. Aber wenn ich das eines Tages vor Gericht, wo die Richter und Anwälte mir einen Haufen Fragen stellen, beschwören müsste …«

»Ich glaube nicht, dass man Sie als Zeugen vorladen wird.«

»Sie ist es bestimmt, oder jemand, der ihr sehr ähnlich sieht … Sie trug ein dunkles Wollkleid, fast schwarz, mit grauen Fäden durchzogen, und einen schwarzen Hut mit etwas Weißem …«

Die Beschreibung des Kleides entsprach dem, das Madame Josselin am Morgen getragen hatte.

»Was darf ich Ihnen bringen?«

»Einen Cognac mit Wasser … Wo steht Ihr Telefon?«

»Hinten links, gegenüber von den Toiletten. Lassen Sie sich an der Kasse eine Münze geben.«

Maigret schloss sich in der Kabine ein und wählte die Nummer von Doktor Larue. Weder hatte er große Hoffnung, den Arzt bei sich zu Hause anzutreffen, noch einen bestimmten Grund, ihn anzurufen.

Er kämpfte sich vorwärts, wie mit dem Foto aus der Rue du Saint-Gothard, und ging Hypothesen nach, selbst den abwegigsten.

Eine Männerstimme meldete sich.

»Sind Sie es, Herr Doktor? Hier Maigret.«

»Ich bin eben zurückgekommen und habe auch gerade an Sie gedacht.«

»Warum?«

»Ich weiß es nicht. Ihre Ermittlungen, Ihr Beruf … Es ist Zufall, dass Sie mich um diese Zeit erreichen. Samstags bin ich mit meinen Besuchen früher fertig, weil viele meiner Patienten nicht in der Stadt sind …«

»Wäre es Ihnen möglich, in die Brasserie Franco-Italienne zu kommen und mit mir ein Glas zu trinken?«

»Die kenne ich. Ich komme sofort … Gibt es etwas Neues?«

»Das weiß ich noch nicht.«

Der kleine rundliche Larue mit der Stirnglatze sah ganz anders aus, als der Kellner den Begleiter Josselins beschrieben hatte. Auch Jouane entsprach der Beschreibung nicht. Der war eher rothaarig und wirkte nicht wie ein Whiskytrinker.

Maigret war dennoch entschlossen, keine Chance auszulassen. Einige Minuten später stieg der Arzt aus seinem Wagen, kam herein und sagte zu dem Kellner wie zu einem alten Bekannten:

»Wie geht es Ihnen, Émile? Was machen die Narben?«

»Man sieht fast nichts mehr … Einen Portwein, Herr Doktor?«

Sie kannten sich. Larue erzählte, er habe Émile vor einigen Monaten behandelt, als der sich beim Kaffeemachen verbrüht hatte.

»Ein andermal, das ist gut zehn Jahre her, hat er sich mit einem Hackmesser verletzt … Und wie kommen Ihre Ermittlungen voran, Herr Kommissar?«

»Es gibt wenig Unterstützung«, erwiderte Maigret bitter.

»Meinen Sie die Familie?«

»Vor allem Madame Josselin. Ich möchte Ihnen zwei oder drei Fragen über sie stellen. Es gibt da einiges, was mich beunruhigt. Wenn ich es richtig verstanden habe, waren Sie und Ihre Frau fast die einzigen engen Freunde der Josselins.«

»Das stimmt nicht ganz … Wie ich schon sagte, behandele ich sie schon lange, und ich kenne Véronique von klein auf, aber damals wurde ich nur in großen Zeitabständen zu ihnen gerufen.«

»Wann begann die Freundschaft mit der Familie?«

»Viel später. Vor ein paar Jahren haben sie uns einmal mit anderen zum Abendessen eingeladen. Unter ihnen waren die Anselmes, die eine große Schokoladenfabrik haben. Sie kennen doch die Schokolade von Anselme? Sie stellen auch Taufmandeln her.«

»Wirkten sie wie enge Freunde der Josselins?«

»Ja, sie schienen recht gut befreundet zu sein. Es ist ein älteres Ehepaar. Josselin lieferte die Schachteln für das Konfekt und die Dragees.«

»Sind sie im Augenblick in Paris?«

»Das würde mich wundern. Monsieur Anselme hat sich vor vier oder fünf Jahren aus dem Unternehmen zurückgezogen und sich eine Villa in Monaco gekauft. Dort sind sie jetzt das ganze Jahr.«

»Überlegen Sie, wem Sie bei den Josselins noch begegnet sind.«

»Vor einiger Zeit habe ich bei ihnen in der Rue Notre-Dame des Champs einen Abend mit den Mornets verbracht. Zurzeit sind sie mit ihren beiden Töchtern auf Bermuda-Kreuzfahrt. Sie sind Papierhändler … Im Allgemeinen verkehrten die

Josselins nur mit ein paar guten Kunden und einigen Lieferanten.«

»Erinnern Sie sich an einen Mann, der etwa Mitte vierzig ist?«

»Nein, ich wüsste nicht …«

»Sie kennen Madame Josselin gut … Was wissen Sie über sie?«

»Sie ist eine sehr nervöse Frau, der ich immer wieder Beruhigungsmittel verschreibe, das will ich nicht verheimlichen. Dabei verfügt sie über eine ungewöhnlich hohe Selbstbeherrschung.«

»Hat sie ihren Mann geliebt?«

»Davon bin ich überzeugt. Soweit ich verstanden habe, war ihre Jugend nicht besonders glücklich. Ihr Vater wurde schon früh Witwer, und er muss ein verbitterter und äußerst strenger Mann gewesen sein.«

»Wohnten sie in der Nähe der Rue du Saint-Gothard?«

»Ja, in der Rue Dareau … Sie hat dann Josselin kennengelernt, und nachdem sie ein Jahr verlobt waren, haben sie geheiratet.«

»Was ist aus dem Vater geworden?«

»Er ist an einem besonders schmerzhaften Krebs erkrankt und hat sich einige Jahre später das Leben genommen.«

»Was würden Sie sagen, wenn man Ihnen erzählte, Madame Josselin habe einen Geliebten?«

»Ich würde es nicht glauben. Wissen Sie, mein Beruf erlaubt mir einen Einblick ins Innerste vieler Familien. Es gibt, vor allem in einer bestimmten Schicht, zu der auch die Josselins gehören, viel weniger Frauen, die ihre Männer betrügen, als es uns die Literatur und das Theater glauben machen wollen.

Ich sage nicht, dass es die reine Tugendhaftigkeit ist. Vielleicht ist es oft nur der Mangel an Gelegenheiten oder die Angst vor dem, was geredet werden könnte …«

»Aber sie ging nachmittags oft allein aus.«

»Wie meine Frau auch, wie die meisten Ehefrauen. Das heißt ja nicht, dass sie sich mit einem Mann treffen, in einem Hotel oder in einer Junggesellenbude, wie man früher sagte. Nein, Herr Kommissar, wenn Sie mir diese Frage ernsthaft stellen, antworte ich mit einem kategorischen Nein. Da sind Sie auf dem Holzweg.«

»Und Véronique?«

»Ich neige dazu, in ihrem Fall das Gleiche zu sagen, aber ich halte mich lieber zurück. Es ist unwahrscheinlich, wenn auch nicht gänzlich unmöglich. Es kann durchaus sein, dass sie vor ihrer Ehe bereits Liebesabenteuer hatte. Sie hat an der Sorbonne studiert. Im Quartier Latin hat sie ihren Mann kennengelernt, und vor ihm muss sie schon andere gekannt haben … Vielleicht ist sie etwas enttäuscht von dem Leben, das er ihr bietet? Ich könnte es nicht beschwören. Sie dachte, sie heiratet einen Mann und hat einen Arzt geheiratet ... Verstehen Sie?«

»Ja.«

Aber es brachte ihn nicht weiter, führte zu nichts. Er tappte immer noch im Dunkeln und trank seinen Cognac mit düsterer Miene.

»Irgendjemand hat René Josselin getötet«, seufzte er.

Das war bis jetzt die einzige Gewissheit. Außerdem, dass sich ein Mann, von dem man nichts wusste, offenbar heimlich mit Josselin und später dann mit Madame Josselin in dieser Brasserie getroffen hatte.

Mit anderen Worten, die Eheleute hatten etwas voreinander verborgen, etwas, das mit ein und derselben Person zu tun hatte.

»Ich weiß nicht, wer das sein könnte ... Es tut mir leid, dass ich Ihnen nicht helfen kann. Ich muss jetzt wieder zu meiner Frau und meinen Kindern zurück.«

In diesem Moment kam Lapointe mit einem flachen Paket unterm Arm herein und hielt Ausschau nach Maigret.

»War Jouane in seinem Büro?«

»Nein. Auch nicht bei sich zu Hause. Sie verbringen das Wochenende bei einer Schwägerin auf dem

Land … Ich habe dem Wachmann versprochen, das Bild noch heute zurückzubringen, und daraufhin war er einverstanden, dass …«

Maigret rief den Kellner und packte das Foto aus.

»Erkennen Sie jemanden darauf?«

Der Kellner setzte wieder seine Brille auf und musterte die Gesichter.

»Monsieur Josselin natürlich, in der Mitte … Auf dem Foto ist er etwas dicker als der Mann, der neulich hier war, aber er ist es.«

»Und die anderen? Die Personen rechts und links von ihm?«

Émile schüttelte den Kopf.

»Nein, die habe ich nie gesehen. Ich erkenne nur ihn.«

»Was nimmst du?«, fragte Maigret Lapointe.

»Irgendwas.«

Im Glas des Arztes stand noch ein kleiner Rest der rötlichen Flüssigkeit.

»War das ein Portwein? Bringen Sie mir bitte auch einen.«

»Und für Sie, Herr Kommissar?«

»Danke, nichts mehr … Aber ich glaube, wir essen hier eine Kleinigkeit.«

Er hatte keine Lust, zum Mittagessen nach Hause zu fahren, und eine Weile später setzten sie sich an einen der gedeckten Tische.

»Sie wird nichts sagen«, brummte Maigret, der

sich eine Choucroute bestellt hatte. »Selbst wenn ich sie vorladen und stundenlang verhören würde, sie würde schweigen.«

Er nahm es ihr übel und empfand zugleich Mitleid mit Madame Josselin. Sie hatte ihren Mann unter dramatischen Umständen verloren. Ihr ganzes Leben war plötzlich auf den Kopf gestellt. Von einem Tag auf den anderen war sie eine alleinstehende Frau in einer viel zu großen Wohnung, und die Polizei ließ sie trotzdem nicht in Ruhe.

Welches Geheimnis wollte sie um jeden Preis bewahren? Im Grunde hatte doch jeder Mensch ein Recht auf sein Privatleben und seine Geheimnisse. Bis zu dem Tag, da eine Tragödie geschah und die Gesellschaft Rechenschaft forderte.

»Was wollen Sie jetzt tun, Chef?«

»Ich weiß es noch nicht … Diesen Mann aufspüren, natürlich … Er ist ja kein Dieb … Wenn er derjenige war, der Josselin ermordet hat, dann hatte er zwingende Gründe oder glaubte es jedenfalls.

Die Concierge weiß von nichts. In den sechs Jahren, die sie in dem Haus arbeitet, ist ihr nie ein Besucher irgendwie suspekt vorgekommen … Vielleicht reicht die Sache weiter in die Vergangenheit zurück. Ich weiß nicht mehr, was sie gesagt hat … Wo verbringt ihre Tante, die ehemalige Concierge, ihren Lebensabend? Frag du sie noch einmal, und dann geh zu dieser Frau und sprich mit ihr.«

»Und wenn sie irgendwo in der tiefen Provinz wohnt?«

»Es ist vielleicht die Mühe wert, dorthin zu fahren. Oder wir bitten die Polizei vor Ort, sie zu vernehmen … Wenn sich nicht bis dahin jemand entschließt auszupacken.«

Lapointe ging mit dem gerahmten Foto unterm Arm in den Sprühregen hinaus, während Maigret sich in einem Taxi zum Boulevard Brune fahren ließ. Das Haus, in dem die Fabres wohnten, hatte er sich genau so vorgestellt. Ein großer, eintöniger Klotz, zwar erst ein paar Jahre alt, aber er sah schon verwohnt aus.

»Doktor Fabre? Vierter Stock rechts. Da sehen Sie ein Messingschild an der Tür. Wenn Sie aber zu Madame Fabre wollen, sie ist gerade gegangen.«

Vermutlich zu ihrer Mutter, um mit ihr die letzten Todesanzeigen zu adressieren.

Er stand wie eingepfercht in dem engen Fahrstuhl, klingelte oben an der Tür, und als das junge Dienstmädchen ihm öffnete, blickte es unwillkürlich an ihm vorbei, als hielte es Ausschau nach einem Kind in seiner Begleitung.

»Wen möchten Sie sprechen?«

»Doktor Fabre.«

»Er hat Sprechstunde.«

»Seien Sie so freundlich und bringen Sie ihm meine Karte. Ich werde ihn nicht lange aufhalten.«

»Bitte hier entlang.«

Sie öffnete die Tür zu einem Wartezimmer, in dem ein halbes Dutzend Mütter mit Kindern jeder Altersstufe saß, und alle Blicke richteten sich gleichzeitig auf ihn.

Fast eingeschüchtert setzte er sich. Auf dem Boden lagen Holzklötze und auf einem Tisch Bilderbücher. Eine Frau wiegte ein Baby, dessen Gesicht vom Schreien fast violett war, und starrte unaufhörlich auf die Tür zum Sprechzimmer. Maigret wusste, dass sie sich alle fragten:

»Kommt der vor uns dran?«

In seiner Anwesenheit schwiegen alle. Es dauerte fast zehn Minuten, bis der Arzt schließlich die Tür seines Sprechzimmers öffnete. Hinter der dicken Brille wirkten seine Augen noch müder.

Er wandte sich gleich an den Kommissar.

»Treten Sie ein. Ich habe leider nur sehr kurz Zeit für Sie. Wollten Sie nicht meine Frau sprechen? Sie ist bei ihrer Mutter.«

»Ich weiß.«

»Setzen Sie sich.«

In dem Zimmer standen eine Babywaage, ein Glasschrank voll vernickelter Instrumente und ein Tisch mit einer Polsterauflage und einem Wachstuch. Auf dem Schreibtisch lag Papierkram kreuz und quer, Bücher waren auf dem Kaminsims gestapelt und sogar in einer Ecke auf dem Fußboden.

»Was kann ich für Sie tun?«

»Entschuldigen Sie, dass ich Sie in der Sprechstunde störe, aber ich wusste nicht, wo ich Sie allein antreffen könnte.«

Fabre runzelte die Stirn.

»Warum allein?«, fragte er.

»Um ehrlich zu sein, ich weiß es nicht. Ich bin in einer unangenehmen Situation, vielleicht können Sie mir helfen. Sie waren oft bei Ihren Schwiegereltern, Sie kennen also deren Freunde …«

»Sie hatten nicht viele.«

»Sind Sie dort vielleicht einem Mann um die vierzig begegnet, braunes Haar, recht gut aussehend?«

»Um wen handelt es sich?«

Auch Doktor Fabre, hätte man sagen können, war auf der Hut.

»Ich weiß es nicht. Ich habe Grund zur Annahme, dass Ihr Schwiegervater und Ihre Schwiegermutter beide einen Mann kannten, auf den diese oberflächliche Beschreibung zutrifft …«

Der Arzt starrte durch seine Brille auf einen Punkt im Raum. Maigret ließ ihm Zeit zu überlegen. Schließlich fragte er doch etwas ungeduldig:

»Nun?«

Als hätte er bis eben geträumt, fragte Fabre:

»Wie bitte? Was möchten Sie wissen?«

»Kennen Sie ihn?«

»Ich weiß nicht, von wem Sie sprechen. Wenn

ich zu meinen Schwiegereltern ging, dann meistens abends. Ich habe meinem Schwiegervater Gesellschaft geleistet, während die Damen im Theater waren.«

»Sie kennen trotzdem ihre Freunde …«

»Ein paar … Nicht unbedingt alle.«

»Ich dachte, sie empfingen nur wenig Besuch?«

»Ja, sehr wenig …«

Es war zum Verzweifeln. Überall blickte der Doktor hin, nur nicht zum Kommissar. Und das Gespräch setzte ihm offenbar sehr zu.

»Meine Frau hat ihre Eltern öfter gesehen als ich. Meine Schwiegermutter kam fast täglich her, wenn ich Sprechstunde hatte oder in der Klinik war.«

»Wussten Sie, dass Monsieur Josselin bei Pferderennen gewettet hat?«

»Nein. Ich dachte, er sei nachmittags nur selten aus dem Haus gegangen.«

»Er ging in PMU-Wettbüros.«

»Ach!«

»Seine Frau wusste anscheinend auch nichts davon. Er hat ihr also nicht alles erzählt …«

»Warum hätte er ausgerechnet mit mir darüber sprechen sollen? Ich war bloß der Schwiegersohn.«

»Madame Josselin ihrerseits verbarg auch gewisse Dinge vor ihrem Mann.«

Er widersprach nicht. Wie jemand beim Zahnarzt

schien er sich zu sagen: Noch ein paar Minuten, dann hab ich's geschafft.

»Am Dienstag oder Mittwoch dieser Woche hat sie sich nachmittags in einer Brasserie am Boulevard du Montparnasse mit einem Mann getroffen.«

»Das geht mich nichts an, nicht wahr?«

»Überrascht es Sie nicht?«

»Sie wird ihre Gründe gehabt haben, sich mit ihm zu treffen.«

»Monsieur Josselin hatte sich am Vormittag mit demselben Mann in genau der Brasserie getroffen. Er schien ihn gut zu kennen. Fällt Ihnen dazu etwas ein?«

Der Arzt schwieg eine Weile, dann schüttelte er mit ärgerlicher Miene den Kopf.

»Hören Sie, Monsieur Fabre, ich verstehe, dass Sie in einer heiklen Lage sind. Wie jeder, der sich verheiratet, sind Sie Teil einer Familie geworden, die Sie vorher nicht kannten.

Diese Familie hat wie alle Familien ihre kleinen Geheimnisse. Ich kann mir nicht vorstellen, dass Sie nicht das eine oder andere dieser Geheimnisse entdeckt haben. Das spielt keine Rolle, solange es kein Verbrechen gibt. Aber nun ist Ihr Schwiegervater ermordet worden, und um ein Haar wären Sie der Hauptverdächtige gewesen.«

Er erwiderte nichts, reagierte überhaupt nicht.

Als befände sich eine Glaswand zwischen ihnen, die kein Wort hindurchließ.

»Es handelt sich nicht um das, was man einen Raubmord nennt. Und es geht auch nicht um einen ertappten Einbrecher, der Monsieur Josselin getötet hat. Der Mörder kannte die Wohnung so gut wie Sie, er kannte die Gewohnheiten Ihrer Schwiegereltern und auch den Aufbewahrungsort gewisser Dinge. Er wusste, dass Ihre Frau mit ihrer Mutter an jenem Abend ins Theater gehen wollte und dass Sie den Abend bei Ihrem Schwiegervater verbringen würden.

Er wusste auch, wo Sie wohnen, und wahrscheinlich war er derjenige, der dort angerufen hat, damit das Dienstmädchen Sie anruft und Sie in die Rue Julie schickte … Stimmen Sie mir da zu?«

»Das klingt plausibel.«

»Sie haben selbst gesagt, dass die Josselins wenig Besuch und kaum enge Freunde hatten.«

»Ich verstehe.«

»Würden Sie schwören, dass Sie keine Ahnung haben, wer der Mann sein könnte?«

Der Arzt hatte rote Ohren bekommen, sein Gesicht wirkte noch erschöpfter als zuvor.

»Entschuldigen Sie mich, Herr Kommissar, aber da sind Kinder, die warten …«

»Sie weigern sich zu reden?«

»Wenn ich Ihnen etwas Genaues sagen könnte …«

»Sie meinen, Sie haben einen Verdacht, aber er ist zu vage?«

»Nehmen Sie es, wie Sie wollen … Ich möchte Sie daran erinnern, dass meine Schwiegermutter soeben einen schweren Schlag erlitten hat. Sie ist sehr empfindsam, selbst wenn sie ihre Gefühle nicht äußert …«

Er stand auf und ging zur Tür, die in den Flur führte.

»Nehmen Sie es mir nicht übel …«

Er reichte ihm nicht die Hand, sondern nickte nur zum Abschied, und das Dienstmädchen, das Gott weiß woher aufgetaucht war, führte den Kommissar hinaus.

Er war wütend, nicht nur auf den jungen Kinderarzt, sondern auf sich selbst. Er hatte das Gefühl, dass er sich ungeschickt angestellt hatte. Fabre war vermutlich der Einzige in der Familie, der ihm etwas hätte sagen können, und auch aus ihm hatte Maigret nichts herausbekommen.

Doch, eins: Fabre hatte nicht mit der Wimper gezuckt, als Maigret von dem Rendezvous seiner Schwiegermutter mit dem Unbekannten in der Brasserie gesprochen hatte. Er war nicht überrascht gewesen. Ebenso wenig schien er erstaunt darüber zu sein, dass Josselin sich heimlich mit demselben Mann in dieser Brasserie getroffen hatte.

Maigret beneidete Lucas, der mit dem Verhör des

Polen bereits fertig war und jetzt vermutlich in aller Ruhe seinen Bericht aufsetzte.

Er hielt auf dem Gehsteig Ausschau nach einem Taxi, aber es fuhr kein freies vorüber. Der Nieselregen hatte sich zu einem richtigen Regen entwickelt, und auf den Straßen waren wieder die schimmernden Schirme zu sehen.

»Wenn sich der Mann nacheinander mit René Josselin und dessen Frau getroffen hat …«

Er versuchte Schlüsse daraus zu ziehen, aber ihm fehlte das Grundlegende. Ob der Unbekannte auch mit der Tochter, mit Madame Fabre, Kontakt aufgenommen hatte? Und warum nicht mit Fabre selbst?

Und warum schützte die ganze Familie ihn?

»He! Taxi!«

Endlich konnte er ein leeres anhalten. Eilig stieg er ein.

»Erst mal einfach geradeaus.«

Er wusste noch nicht, wohin er wollte. Eigentlich hatte er vorgehabt, zum Quai des Orfèvres zu fahren, sich in seinem Büro einzuschließen und sich seinem Unmut hinzugeben. Ob Lapointe vielleicht inzwischen etwas Neues entdeckt hatte? Er vermutete, dass die ehemalige Concierge nicht mehr in Paris wohnte, sondern irgendwo in der Charente oder in der Auvergne.

Der Chauffeur fuhr langsam und drehte sich hin

und wieder mit einem fragenden Blick zu seinem Fahrgast um.

»Was soll ich an der Ampel machen?«

»Biegen Sie links ab.«

»Wie Sie wünschen.«

Und plötzlich beugte sich Maigret zu ihm vor:

»Halten Sie in der Rue Dareau.«

»Welche Höhe in der Rue Dareau? Sie ist lang.«

»Ecke Rue du Saint-Gothard.«

»Verstanden.«

Maigret schöpfte nacheinander alle Möglichkeiten aus. Er musste sein Notizbuch zu Hilfe nehmen, weil ihm der Mädchenname von Madame Josselin entfallen war: de Lancieux … Und er erinnerte sich, dass ihr Vater Oberst gewesen war.

»Entschuldigen Sie, Madame … Seit wann sind Sie Concierge in diesem Haus?«

»Seit achtzehn Jahren, Monsieur. Was mich nicht jünger macht.«

»Kannten Sie in der Gegend einen ehemaligen Oberst namens de Lancieux und seine Tochter?«

»Nie gehört.«

Zwei Häuser, drei. Die erste Concierge war zwar älter, aber immer noch zu jung, die zweite erinnerte sich nicht, und die dritte war erst dreißig.

»Wissen Sie die Hausnummer denn nicht?«

»Nein. Ich weiß nur, dass es in der Nähe der Rue du Saint-Gothard war.«

»Fragen Sie doch mal gegenüber. Die Concierge dort ist mindestens siebzig. Aber Sie müssen laut sprechen, sie hört schwer …«

Er brüllte fast. Sie schüttelte den Kopf.

»Nein, ich erinnere mich nicht an einen Oberst. Aber mein Gedächtnis ist sehr schlecht geworden. Seit mein Mann von einem Lastwagen überfahren wurde, bin ich nicht mehr dieselbe.«

Er wollte gerade gehen und es woanders versuchen, als sie ihn noch einmal zurückrief.

»Fragen Sie doch Mademoiselle Jeanne!«

»Wer ist das?«

»Sie wohnt seit mindestens vierzig Jahren im Haus. Sie kommt gar nicht mehr runter, wegen der Beine. Sie wohnt im sechsten Stock, ganz hinten auf dem Gang. Die Tür ist nie abgeschlossen. Klopfen Sie und gehen Sie hinein. Sie sitzt in ihrem Sessel am Fenster …«

Er fand sie tatsächlich dort, eine kleine, runzlige Alte, mit rosigen Wangen und einem fast kindlichen Lächeln.

»Lancieux? Ein Oberst? … Ja, natürlich erinnere ich mich an den … Sie wohnten im zweiten Stock links. Sie hatten eine alte Hausangestellte. Die hatte Haare auf den Zähnen. Sie hat sich mit allen Geschäftsleuten gezankt und musste schließlich in einem anderen Viertel einkaufen gehen.«

»Der Oberst hatte eine Tochter, nicht wahr?«

»Ein braunhaariges junges Mädchen. Es war nicht sehr gesund. Der Bruder übrigens auch nicht, der Arme. Er wurde in die Berge geschickt, weil er an Tuberkulose litt.«

»Sind Sie sicher, dass sie einen Bruder hatte?«

»So sicher, wie ich Sie vor mir sehe. Und ich sehe Sie sehr gut, trotz meines Alters. Warum setzen Sie sich nicht?«

»Wissen Sie, was aus ihm geworden ist?«

»Aus wem? Dem Oberst? Er hat sich eine Kugel in den Kopf geschossen, das hat das ganze Haus in Aufregung versetzt. Es war das erste Mal, dass so etwas in dem Viertel passierte. Er war auch krank. Krebs, offenbar … Aber ich finde es trotzdem nicht richtig, dass er sich das Leben genommen hat.«

»Und sein Sohn?«

»Was?«

»Was ist aus dem geworden?«

»Ich weiß es nicht. Das letzte Mal habe ich ihn bei der Beerdigung seines Vaters gesehen.«

»War er jünger als seine Schwester?«

»Etwa zehn Jahre.«

»Haben Sie nie von ihm sprechen hören?«

»Wissen Sie, in so einem Haus … die Leute kommen und gehen. Wenn ich zählen wollte, wie viele Familien seitdem ein- und ausgezogen sind … Ist es der junge Mann, für den Sie sich interessieren?«

»Er ist kein junger Mann mehr.«

»Wenn er wieder gesund geworden ist, bestimmt nicht … Wahrscheinlich ist er verheiratet und hat selbst Kinder.«

Mit maliziös funkelnden Augen fügte sie hinzu:

»Ich habe nie geheiratet, darum werde ich wahrscheinlich hundert Jahre alt … Glauben Sie mir das nicht? Besuchen Sie mich in fünfzehn Jahren wieder. Ich verspreche Ihnen, ich sitze dann noch in diesem Sessel … Was haben Sie denn für einen Beruf?«

Maigret fand es überflüssig, ihr möglicherweise einen Schrecken einzujagen, wenn er sagte, er sei von der Polizei. Deshalb antwortete er nur, wobei er seinen Hut suchte:

»Ich betreibe Nachforschungen.«

»Jedenfalls kann Ihnen keiner nachsagen, Sie würden dabei nicht weit in die Vergangenheit zurückgehen. Ich wette, es gibt niemanden mehr in der Straße, der sich an die Lancieux' erinnert. Es ist wegen einer Erbschaft, nicht wahr? Der Erbe hat Glück, dass Sie auf mich gestoßen sind … Das können Sie ihm ausrichten. Vielleicht möchte er ja zum Dank ein paar Süßigkeiten schicken.«

Eine halbe Stunde später saß Maigret im Büro des Untersuchungsrichters Gossard. Er wirkte entspannt, ein wenig düster. Mit ruhiger, tonloser Stimme erstattete er Bericht.

Der Richter hörte ihm ernst zu, und danach trat ein ziemlich langes Schweigen ein, währenddessen das Wasser hörbar durch eines der Ablaufrohre im Palais de Justice floss.

»Was haben Sie vor?«

»Ich möchte sie alle noch heute Abend vorladen. Es ist einfacher und vor allem weniger peinlich, sie in meinem Büro zu verhören als in der Wohnung in der Rue Notre-Dame des Champs.«

»Glauben Sie denn, dass sie reden?«

»Wenigstens eine der drei Personen wird letztlich auspacken.«

»Nun, tun Sie, was Sie für nötig halten.«

»Danke.«

»Ich möchte nicht an Ihrer Stelle sein, Maigret … Gehen Sie trotz allem behutsam vor. Vergessen Sie nicht, dass ihr Mann …«

»Das vergesse ich nicht, glauben Sie mir. Gerade deshalb lasse ich sie lieber in mein Büro kommen.«

Ein Viertel aller Pariser war noch in den Ferien am Meer und auf dem Land. Andere waren auf der Jagd, und wieder andere waren auf den Straßen unterwegs zu einem ruhigen Plätzchen fürs Wochenende.

Maigret ging gemächlich durch die langen verlassenen Korridore und dann die Treppe hinunter zu seinem Büro.

7

Es war Samstag, fünf vor sechs. Die meisten Büros waren leer, und auf dem breiten Flur herrschte Stille. Nur ganz hinten vor einer Bürotür verging ein Mann fast vor Langeweile und fragte sich, ob man ihn vergessen hatte. Der Leiter der Kriminalpolizei war soeben gegangen, nachdem er noch einmal bei Maigret gewesen war und ihm die Hand gegeben hatte.

»Wollen Sie heute Abend schon einen Versuch unternehmen?«

»Je eher, desto besser. Morgen könnten Verwandte aus der Provinz anreisen, solche Leute haben wahrscheinlich mehr oder weniger entfernte Verwandtschaft. Am Montag ist die Beerdigung, an dem Tag kann ich unmöglich …«

Schon seit einer Stunde wanderte Maigret, die Hände auf dem Rücken, eine Pfeife nach der anderen rauchend, in seinem Büro auf und ab und richtete sich auf das ein, was den Fall aufklären würde, wie er hoffte. Er mochte es nicht ›Inszenierung‹ nennen. Lieber war ihm das Bild, dass er alles bereitlegte, so wie es die Kellner vor Dienstbeginn in den Restaurants tun, und er achtete sorgsam darauf, keine Einzelheit zu vergessen.

Nachdem er seine Anweisungen gegeben hatte, war er um halb sechs in die Brasserie Dauphine gegangen und hatte dort ein großes Bier getrunken. Es regnete immer noch, der Himmel war grau. Genau genommen hatte er zwei Biere getrunken, eins nach dem anderen, als ginge er davon aus, dass er lange Zeit keine Gelegenheit mehr dazu haben würde.

Er kehrte in sein Büro zurück und konnte nichts tun, als zu warten. Schließlich klopfte es an die Tür. Es war Torrence, der sich als Erster einfand. Er war sichtlich aufgeregt, sein Gesicht war rot angelaufen, wie immer, wenn er mit einer delikaten Mission betraut wurde. Behutsam schloss er die Tür hinter sich, und es klang, als hätte er soeben einen gewaltigen Erfolg errungen, als er sagte:

»Sie sind da!«

»Im Wartezimmer?«

»Ja. Sie sind allein. Es schien sie zu überraschen, dass Sie sie nicht gleich empfangen haben. Vor allem die Mutter. Ich glaube, sie ist gekränkt.«

»Wie ist es abgelaufen?«

»Als ich zu ihnen kam, hat mir die Putzfrau aufgemacht. Ich habe gesagt, wer ich bin, und sie hat gemurmelt:

›Schon wieder!‹

Die Tür zum Wohnzimmer war geschlossen. Ich habe ziemlich lange in der Eingangshalle warten müssen und hörte Flüstern, konnte aber nichts verstehen.

Nach einer guten Viertelstunde ging endlich die Tür auf, und ich sah einen Priester. Er wurde von der Mutter hinausgeleitet, bis zur Treppe.

Sie hat mich so angesehen, als versuchte sie, mich wiederzuerkennen, und dann sollte ich ihr folgen. Die Tochter war im Wohnzimmer. Sie hatte rote Augen wie jemand, der geweint hat.«

»Wie hat sie auf die Vorladung reagiert?«

»Sie hat sie zweimal durchgelesen, dabei zitterte ihre Hand ein wenig. Dann hat sie die Vorladung an ihre Tochter weitergereicht, und die hat sie auch durchgelesen. Danach hat sie ihre Mutter angeblickt, als würde sie sagen:

›Ich wusste es! Wie ich es dir vorausgesagt habe …‹

Das alles passierte wie in Zeitlupe, und ich habe mich nicht besonders wohl gefühlt.

›Ist es notwendig, dass wir dort hingehen?‹

Ich habe ja gesagt. Die Mutter hat gefragt:

›Mit Ihnen?‹

›Sie können mit mir im Wagen fahren, aber wenn Sie lieber ein Taxi nehmen …‹

Sie haben leise miteinander gesprochen. Es wirkte,

als würden sie einen Entschluss fassen. Dann sollte ich ein paar Minuten warten.

Während sie sich fertig machten, war ich eine ganze Weile allein im Wohnzimmer. Sie haben eine alte Dame zu sich gerufen. Sie saß im Esszimmer und ist ihnen in ein anderes Zimmer gefolgt.

Dann kamen sie wieder, hatten ihre Hüte aufgesetzt, trugen ihre Mäntel bereits und waren dabei, sich ihre Handschuhe anzuziehen.

Die Putzfrau hat gefragt, ob sie mit dem Abendessen auf sie warten solle. Madame Josselin hat widerwillig geantwortet, sie wisse nicht, wie lange es dauern werde.

Sie haben sich hinten in den Wagen gesetzt und beide auf der ganzen Fahrt den Mund nicht aufgemacht. Ich konnte die Tochter im Rückspiegel sehen. Sie kam mir besonders unruhig vor. Was soll ich jetzt tun?«

»Im Augenblick nichts. Warten Sie im Büro auf mich.«

Dann erschien Émile, der Kellner aus der Brasserie, der in Jackett und Regenmantel viel älter wirkte.

»Ich muss Sie bitten, nebenan zu warten.«

»Hoffentlich dauert es nicht so lang, Chef? Am Samstagabend ist viel los, und die Kollegen nehmen es mir übel, wenn ich sie mit der ganzen Arbeit sitzen lasse.«

»Wenn ich Sie hereinrufe, dauert es nur noch einen Augenblick.«

»Und ich muss nicht vor Gericht unter Eid aussagen? Versprechen Sie mir das?«

»Das verspreche ich.«

Vor einer Stunde hatte Maigret Doktor Fabre angerufen. Der hatte ihm still zugehört und gesagt:

»Ich will mein Möglichstes tun, damit ich um sechs Uhr dort bin. Es hängt von der Menge der Hausbesuche ab.«

Er erschien um fünf nach sechs. Im Vorbeigehen musste er durch die Glasscheibe seine Frau und seine Schwiegermutter im Wartezimmer gesehen haben. Maigret hatte von Weitem einen Blick in den Raum geworfen. Grüne Sessel standen dort, und an den Wänden hingen gerahmte Fotos von Polizeibeamten, die im Dienst ums Leben gekommen waren. Den ganzen Tag brannte elektrisches Licht. Die Atmosphäre war trüb, deprimierend. Er erinnerte sich an gewisse Verdächtige, die stundenlang dort warten mussten, als wollte man so ihren Widerstand brechen.

Madame Josselin saß sehr aufrecht und reglos auf einem Stuhl, während ihre Tochter oft aufstand und sich wieder setzte.

»Treten Sie ein, Monsieur Fabre.«

Der Arzt erwartete infolge der Vorladung eine

neue Entwicklung und machte ein beunruhigtes Gesicht.

»Ich bin so schnell gekommen, wie ich konnte«, sagte er. Er trug weder Hut noch Mantel und hatte seine Arzttasche vermutlich im Wagen gelassen.

»Nehmen Sie Platz. Ich werde Sie nicht lange aufhalten.«

Maigret setzte sich an seinen Schreibtisch ihm gegenüber, steckte bedächtig die Pfeife an, die er kurz zuvor gestopft hatte, und sagte mit leiser, ein wenig vorwurfsvoller Stimme:

»Warum haben Sie mir nicht gesagt, dass Ihre Frau einen Onkel hat?«

Fabre musste auf diese Frage gefasst gewesen sein, trotzdem wurden seine Ohren feuerrot. Es passierte ihm bestimmt schon bei der geringsten Erregung.

»Sie haben mich nicht danach gefragt«, antwortete er und zwang sich, dem Blick des Kommissars standzuhalten.

»Ich habe Sie gebeten, mir zu sagen, wer bei Ihren Schwiegereltern verkehrte.«

»Er kam nie in die Wohnung.«

»Bedeutet das, Sie haben ihn nie gesehen?«

»Ja.«

»War er bei Ihrer Hochzeit nicht dabei?«

»Ich wusste durch meine Frau von seiner Existenz, aber in der Wohnung in der Rue Notre-Dame des Champs war, jedenfalls in meiner Gegenwart, nie die Rede von ihm.«

»Seien Sie ehrlich, Monsieur Fabre. Als Sie erfuhren, dass man Ihren Schwiegervater ermordet hatte, und zwar mit seiner eigenen Pistole, und dass der Mörder infolgedessen jemand sein musste, der mit den Örtlichkeiten vertraut war, haben Sie da nicht sofort an ihn gedacht?«

»Nicht sofort.«

»Was hat Sie dann auf ihn gebracht?«

»Das Verhalten meiner Schwiegermutter und das meiner Frau.«

»Hat Ihre Frau, als Sie mit ihr allein waren, mit Ihnen darüber gesprochen?«

Er nahm sich Zeit zum Überlegen.

»Wir sind seit dem Ereignis sehr wenig miteinander allein gewesen.«

»Und sie hat nichts zu Ihnen gesagt?«

»Sie hat mir gesagt, dass sie Angst hat.«

»Wovor?«

»Sie hat es nicht näher erklärt … Sie dachte vor allem an ihre Mutter … Ich bin nur der Schwiegersohn … Man hat mich zwar in die Familie aufgenommen, aber ich gehöre doch nicht ganz dazu. Mein Schwiegervater war mir gegenüber sehr großzügig. Meine Schwiegermutter liebt meine Kinder über alles. Und doch gibt es Dinge, die mich nichts angehen.«

»Glauben Sie, dass der Onkel Ihrer Frau nie in der Wohnung gewesen ist, seitdem Sie verheiratet sind?«

»Ich weiß nur, dass es zu Streitigkeiten gekommen war, dass man ihn bedauerte, ihn aber nicht mehr empfangen konnte. Warum, das habe ich nicht zu ergründen versucht … Meine Frau sprach von ihm wie von einem Unglückseligen, einer eher bedauernswerten als schuldfähigen Person, einem sozusagen halb Verrückten.«

»Ist das alles, was Sie wissen?«

»Das ist alles. Vernehmen Sie auch meine Schwiegermutter?«

»Ich muss es tun.«

»Seien Sie nicht zu grob mit ihr. Sie wirkt selbstbeherrscht. Manche lassen sich dadurch täuschen und halten sie für gefühllos. Ich weiß, dass sie außerordentlich empfindsam ist, aber sie kann ihre Gefühle nicht zeigen. Seit dem Tod ihres Mannes fürchte ich jeden Augenblick, dass ihre Nerven versagen …«

»Ich werde sie so behutsam wie möglich behandeln.«

»Ich danke Ihnen … Kann ich jetzt gehen?«

»Ja, kümmern Sie sich wieder um Ihre Patienten.«

»Darf ich nur schnell meiner Frau noch etwas sagen?«

»Nein, lieber nicht. Vor allem möchte ich nicht, dass Sie mit Ihrer Schwiegermutter sprechen.«

»Dann sagen Sie meiner Frau doch bitte, wenn ich später nicht zu Hause sein sollte, dann bin ich in der Klinik … Als ich vorhin aufbrach, hat man angerufen. Wahrscheinlich muss ich gleich ein Kind operieren.«

Bei der Tür kehrte er noch einmal um.

»Entschuldigen Sie, dass ich Sie vorhin so unfreundlich empfangen habe … Bedenken Sie meine Lage … Ich wurde mit offenen Armen in eine Familie aufgenommen, die nicht meine ist. Und in dieser Familie gibt es, wie in jeder anderen auch, so manches traurige Schicksal. Ich fand, dass es nicht an mir ist …«

»Ich verstehe Sie, Monsieur Fabre.«

Auch er natürlich ein braver Mann! Wahrscheinlich mehr als das, wollte man denen glauben, die ihn kannten, und diesmal gaben sich die beiden Männer die Hand.

Maigret öffnete die Tür zum Büro der Inspektoren und rief Émile zu sich herein.

»Was soll ich tun?«

»Nichts. Bleiben Sie dort, am Fenster. Ich werde Ihnen wahrscheinlich eine Frage stellen, und Sie antworten mir.«

»Auch wenn es nicht die Antwort ist, die Sie erwarten?«

»Sagen Sie einfach die Wahrheit.«

Maigret ging ins Wartezimmer, um Madame Josselin zu holen, die sich zugleich mit ihrer Tochter erhob.

»Wollen Sie mir bitte folgen … Nur Sie allein … Mit Madame Fabre spreche ich später.«

Sie trug wieder ihr schwarzgrau meliertes Kleid, dazu einen schwarzen Hut, der mit ein paar kleinen weißen Federn besetzt war, und einen leichten Kamelhaarmantel.

Maigret ließ ihr den Vortritt in sein Büro, und sie sah sofort den am Fenster stehenden Mann, der verlegen seinen Hut in den Fingern drehte. Sie schien überrascht, wandte sich dem Kommissar zu und fragte schließlich, da alle schwiegen:

»Wer ist das?«

»Erkennen Sie ihn nicht wieder?«

Sie musterte ihn aufmerksamer und schüttelte den Kopf.

»Nein.«

»Und Sie, Émile, erkennen Sie diese Dame wieder?«

Mit vor Aufregung heiserer Stimme antwortete der Kellner:

»Ja, Herr Kommissar. Das ist sie.«

»Ist es die Dame, die sich Anfang der Woche nachmittags in der Brasserie Franco-Italienne mit einem Mann um die vierzig getroffen hat? Sind Sie sich sicher?«

»Sie trug genau dieses Kleid und diesen Hut …

Ich habe Ihnen ja beides heute Morgen beschrieben.«

»Danke sehr. Sie können gehen.«

Émile warf Madame Josselin einen Blick zu, mit dem er sich für das, was er eben getan hatte, zu entschuldigen schien.

»Sie brauchen mich nicht mehr?«

»Vermutlich nicht.«

Er blieb mit Madame Josselin allein, deutete auf einen Stuhl, seinem Schreibtisch gegenüber, setzte sich selbst aber noch nicht an seinen Tisch.

»Wissen Sie, wo Ihr Bruder ist?«, fragte er leise.

Sie sah ihn mit ihren dunklen, glänzenden Augen an, wie sie es in der Rue Notre-Dame des Champs getan hatte, aber sie war nicht mehr so starr wie dort. Es war sogar eine gewisse Erleichterung zu spüren. Das wurde noch deutlicher, als sie sich endlich setzte. Es wirkte, als wäre sie endlich bereit, eine Haltung aufzugeben, zu der sie sich widerwillig gezwungen hatte.

»Was hat mein Schwiegersohn zu Ihnen gesagt?«, fragte sie und beantwortete damit die eine Frage mit einer anderen.

»Wenig … Er hat mir nur bestätigt, dass Sie einen Bruder haben, was ich schon erfahren hatte.«

»Von wem?«

»Von einer sehr alten Dame, fast neunzigjährig. Sie lebt noch in der Rue Dareau in dem Haus, in dem Sie früher mit Ihrem Vater und Ihrem Bruder gewohnt haben.«

»Das musste passieren«, hauchte sie.

Er kam auf seine Frage zurück:

»Wissen Sie, wo er ist?«

Sie schüttelte den Kopf.

»Nein. Und ich schwöre Ihnen, es ist die Wahrheit. Bis Mittwoch war ich sogar davon überzeugt, dass er sich weit entfernt von Paris aufhielt.«

»Hat er Ihnen nie geschrieben?«

»Nicht seitdem er nicht mehr bei uns war.«

»Haben Sie sofort gewusst, dass er es war, der Ihren Mann getötet hat?«

»Ich bin mir jetzt noch nicht sicher ... Ich weigere mich, es zu glauben ... Ich weiß, es spricht alles gegen ihn ...«

»Warum haben Sie ihn um jeden Preis zu retten versucht, indem Sie schwiegen und auch Ihre Tochter zwangen zu schweigen?«

»Weil er mein Bruder und ein unglücklicher Mensch ist, und dann, weil ich mich ein wenig für ihn verantwortlich fühle.«

Sie zog ein Taschentuch aus ihrer Handtasche, aber nicht, um sich die Augen zu wischen, die immer noch trocken waren und wie von Fieber glänzten. Mechanisch zerknüllte sie das Taschentuch, während sie sprach oder auf die Fragen des Kommissars wartete.

»Ich bin jetzt bereit, Ihnen alles zu sagen.«

»Wie heißt Ihr Bruder?«

»Philippe. Philippe de Lancieux. Er ist acht Jahre jünger als ich.«

»Wenn ich mich nicht irre, hat er einen Teil seiner Jugend in einem Sanatorium in den Bergen verbracht.«

»Nein, nicht seiner Jugend. Er war erst fünf, als man die Tuberkulose entdeckte. Die Ärzte haben ihn nach Haute-Savoie geschickt, dort blieb er bis zu seinem zwölften Lebensjahr.«

»War Ihre Mutter da schon tot?«

»Sie ist wenige Tage nach seiner Geburt gestorben. Und das ist die Erklärung für vieles. Steht alles, was ich Ihnen jetzt sage, morgen in den Zeitungen?«

»Nein, das verspreche ich Ihnen. Was, meinen Sie, erklärt sich aus dem Tod Ihrer Mutter?«

»Die Haltung meines Vaters gegenüber Philippe und überhaupt das Verhalten in seiner zweiten Lebenshälfte. Nach dem Tod meiner Mutter wurde er ein anderer Mensch, und ich bin sicher, er gab unbewusst Philippe die Schuld am Tod unserer Mutter und hat es ihm nie verziehen …

Außerdem fing er an zu trinken. In dieser Zeit hat er auch seinen Abschied von der Armee genommen, obwohl er fast kein Vermögen besaß. Wir haben ein sehr karges Leben geführt.«

»Lebten Sie, während Ihr Bruder im Gebirge war, mit Ihrem Vater allein in der Rue Dareau?«

»Eine alte Angestellte, die inzwischen tot ist, ist bis zum Schluss bei uns geblieben.«

»Und nach Philippes Rückkehr?«

»Mein Vater hat ihn in eine kirchliche Erziehungsanstalt in Montmorency gesteckt. Wir haben ihn eigentlich nur in den Ferien gesehen. Mit vierzehn Jahren ist er ausgerissen und wurde zwei Tage später in Le Havre gefunden. Er war per Anhalter dorthin gelangt.

Er hatte behauptet, er müsse so schnell wie möglich nach Le Havre, denn seine Mutter liege im Sterben ... Schon damals neigte er dazu, Lügenmärchen zu erzählen. Er erfand irgendetwas, und die Leute glaubten es ihm, weil er es schließlich selbst glaubte.

Die Schule in Montmorency wollte ihn nicht wieder aufnehmen, deshalb hat mein Vater ihn in eine andere Einrichtung in der Nähe von Versailles gebracht.

Dort war er noch, als ich René Josselin kennenlernte. Ich war damals zweiundzwanzig.«

Das Taschentuch sah inzwischen aus wie eine Kordel, an der sie mit ihren verkrampften Händen zupfte und zog, und Maigret hatte, ohne es zu merken, seine Pfeife ausgehen lassen.

»Damals habe ich einen Fehler begangen, und ich

habe mir das immer vorgeworfen … Ich habe nur an mich gedacht.«

»Haben Sie gezögert zu heiraten?«

Sie blickte ihn an, unsicher, und suchte nach Worten.

»Zum ersten Mal muss ich von diesen Dingen sprechen. Ich habe sie immer für mich behalten. Das Leben mit meinem Vater war noch schwerer geworden, denn er war schon krank, ohne dass wir es wussten … Mir war aber klar, dass er nicht alt werden würde und dass Philippe mich eines Tages brauchen würde … Sehen Sie, ich hätte nicht heiraten dürfen … Ich habe es zu René gesagt.«

»Haben Sie gearbeitet?«

»Mein Vater erlaubte es nicht, er fand, ein junges Mädchen gehöre nicht ins Büro … Ich hatte aber trotzdem vor, zu arbeiten und später mit meinem Bruder zusammenzuleben … René hat mich zur Heirat gedrängt. Er war fünfunddreißig, ein Mann in den besten Jahren, und ich habe ihm rückhaltlos vertraut.

Er hat gesagt, was auch geschehe, er werde sich um Philippe kümmern, als wäre er sein eigener Sohn, und schließlich habe ich nachgegeben.

Ich hätte es nicht tun dürfen. Es war die bequeme Lösung. Von einem Tag zum anderen entkam ich der bedrückenden Atmosphäre zu Hause und wurde all meine Verantwortung los.

Ich hatte eine Vorahnung …«

»Haben Sie Ihren Mann geliebt?«

Sie sah ihm in die Augen und sagte in fast herausforderndem Ton:

»Ja, Herr Kommissar … Und ich habe ihn bis zum Ende geliebt. Er war der Mann …«

Zum ersten Mal brach ihr fast die Stimme, und sie wandte einen Augenblick den Kopf ab.

»Und doch konnte ich den Gedanken nie abschütteln, dass ich mich hätte opfern müssen … Zwei Monate nach unserer Hochzeit teilte mir der Arzt mit, dass mein Vater unheilbar an Krebs litt. Ich habe das als eine Art Strafe betrachtet …«

»Haben Sie es Ihrem Mann gesagt?«

»Nein. Das alles habe ich noch nie einem Menschen erzählt. Ich tue es jetzt, weil es das Einzige ist, was zu seinen Gunsten sprechen kann, sollte mein Bruder wirklich getan haben, was Sie glauben … Ich werde es notfalls vor Gericht wiederholen. Anders als Sie vielleicht vermuten, ist es mir völlig gleich, was die Leute von mir denken.«

Sie sprach erregt, und ihre Hände wurden immer unruhiger. Abermals öffnete sie ihre Handtasche und entnahm ihr ein Metalldöschen.

»Hätten Sie vielleicht ein Glas Wasser? Ich sollte eine der Tabletten nehmen, die mir Doktor Larue verschrieben hat.«

Maigret öffnete den Wandschrank, in dem sich

ein Waschbecken, ein Glas und sogar eine Flasche Cognac befanden, die sich manchmal als nützlich erwies.

»Ich danke Ihnen … Ich zwinge mich, ruhig zu bleiben. Man dachte immer, dass ich sehr selbstbeherrscht bin. Aber welchen Preis ich für diesen äußeren Anschein zahlen muss … Wo war ich?«

»Sie sprachen von Ihrer Heirat. Ihr Bruder war damals in Versailles. Ihr Vater …«

»Ja … Mein Bruder ist nur ein Jahr in Versailles geblieben, dann hat man ihn hinausgeworfen.«

»War er wieder ausgerissen?«

»Nein, aber er hatte keine Disziplin, seine Lehrer wurden nicht mit ihm fertig … Wissen Sie, ich habe nicht lang genug mit ihm gelebt, um ihn wirklich gut zu kennen. Ich bin sicher, dass er kein böser Mensch ist. Seine Phantasie spielt ihm Streiche …

Vielleicht kommt es daher, dass er seine Kindheit im Sanatorium verbracht hat. Die meiste Zeit musste er abgeschnitten von der Welt im Bett liegen.

Ich erinnere mich, was er mir geantwortet hat, als ich ihn einmal auf dem Dachboden liegend fand, während er überall gesucht wurde.

›Was machst du hier, Philippe?‹

›Ich erzähle mir Geschichten.‹

Leider erzählte er sie auch anderen. Ich habe meinem Vater vorgeschlagen, dass wir ihn bei uns aufnehmen. René war einverstanden. Es war sogar seine Idee gewesen. Aber mein Vater war dagegen und hat ihn in ein anderes Internat gesteckt, diesmal in Paris.

Philippe besuchte uns jede Woche. Wir wohnten damals schon in der Rue Notre-Dame des Champs. Mein Mann betrachtete ihn wirklich als seinen Sohn … Und dann wurde Véronique geboren …«

Eine stille, friedliche Straße, eine behagliche Wohnung, umgeben von Klöstern, einen Katzensprung entfernt vom schattigen Jardin du Luxembourg. Brave Leute. Ein gut laufendes Unternehmen. Eine glückliche Familie …

»Und was mit meinem Vater dann passiert ist, wissen Sie ja.«

»Wo war das?«

»In der Rue Dareau. In seinem Sessel. Er hatte seine Uniform angezogen und die Bilder von meiner Mutter und mir auf den Tisch vor sich gestellt, aber nicht das von Philippe.«

»Was ist aus Ihrem Bruder geworden?«

»Er hat weitergemacht mit der Schule, mehr schlecht als recht. Wir haben ihn zwei Jahre bei uns behalten. Es war klar, dass er das Abitur nie bestehen würde. René wollte ihn in seiner Firma beschäftigen.«

»Wie war die Beziehung zwischen Ihrem Bruder und Ihrem Mann?«

»René hatte eine unendliche Geduld. Wenn es irgend ging, verschwieg er mir, welche Dummheiten Philippe machte, und mein Bruder nutzte das aus. Er konnte keinen Zwang, keine Disziplin ertragen. Oft tauchte er zu den Mahlzeiten gar nicht auf, sondern kam irgendwann spät abends nach Hause. Und immer hatte er uns eine schöne Geschichte zu erzählen.

Dann brach der Krieg aus. Philippe war auch von der letzten Schule geworfen worden. Ohne es uns einzugestehen, machten mein Mann und ich uns immer größere Sorgen um ihn.

Ich glaube, auch René hatte so etwas wie Gewissensbisse. Wenn ich in der Rue Dareau geblieben wäre, vielleicht …«

»Der Meinung bin ich nicht«, sagte Maigret ernst. »Ihre Ehe hat am Lauf der Dinge nichts geändert.«

»Glauben Sie?«

»In meiner Laufbahn bin ich vielen ähnlichen Fällen begegnet. Die hatten nicht die gleichen Entschuldigungen wie Ihr Bruder.«

Sie wollte es gern glauben, aber noch war sie nicht überzeugt.

»Was hat er im Krieg gemacht?«

»Er wollte sich unbedingt freiwillig melden. Er war gerade achtzehn geworden und hat uns so bedrängt, dass wir schließlich eingewilligt haben.

Im Mai 1940 ist er in den Ardennen in Gefangenschaft geraten, und wir haben lange Zeit nichts von ihm gehört.

Er hat den ganzen Krieg in Deutschland verbracht, zuerst in einem Gefangenenlager, dann auf einem Bauernhof bei München.

Als er zurückkam, hatten wir die Hoffnung, er sei ein anderer Mensch geworden.«

»Und, hatte er sich verändert?«

»Äußerlich war er tatsächlich ein Mann geworden, ich habe ihn kaum wiedererkannt. Das Leben an der frischen Luft hatte ihm gutgetan, er war kräftig und stark geworden. Aber schon aus seinen ersten Berichten wurde deutlich, dass er im Grunde immer noch der Junge war, der ausriss und sich Geschichten erzählte.

Angeblich hatte er die ungewöhnlichsten Abenteuer erlebt. Drei- oder viermal war ihm unter atemberaubenden Umständen die Flucht gelungen.

Er hatte mit der Bäuerin, bei der er arbeitete, zusammengelebt als ihr Mann, was ja durchaus möglich ist, und behauptete, zwei Kinder mit ihr zu haben. Sie hatte noch ein weiteres von ihrem Ehemann.

Der war, sagte Philippe, an der russischen Front gefallen. Mein Bruder sprach davon, zu der Bäuerin zurückkehren, sie zu heiraten und in Deutschland bleiben zu wollen.

Aber schon einen Monat später hatte er wieder

andere Pläne. Plötzlich reizte es ihn, nach Amerika zu gehen. Er behauptete, er hätte Geheimdienstagenten kennengelernt, die um ihn warben.«

»Hatte er Arbeit?«

»Mein Mann beschäftigte ihn wie versprochen in der Rue du Saint-Gothard.«

»Hat er bei Ihnen gewohnt?«

»Er blieb nur drei Wochen bei uns, dann ist er mit einer Kellnerin zusammen in die Nähe von Saint-Germain-des-Prés gezogen. Er sprach wieder einmal von Heirat. Jedes Mal, wenn er ein neues Abenteuer hatte, machte er Heiratspläne …

›Verstehst du, sie erwartet ein Kind. Ich wäre ein Lump, wenn ich sie nicht heirate …‹

Ich kann die Kinder gar nicht zählen, die er angeblich hat, überall verstreut …«

»Stimmt es denn nicht?«

»Mein Mann hat Nachforschungen angestellt. Aber es gab nie überzeugende Beweise. Mein Bruder wollte ihm nur Geld aus der Tasche ziehen.

Ich habe bald entdeckt, dass er ein doppeltes Spiel spielte. Bei mir schüttete er sein Herz aus und flehte mich an, ihm zu helfen. Immer brauchte er eine bestimmte Summe, um sich aus der Affäre zu ziehen. Dann wäre alles wieder gut.«

»Haben Sie ihm gegeben, was er verlangte?«

»Fast immer. Er wusste, dass ich nicht viel Geld zur Verfügung hatte. Mein Mann schlug mir zwar nichts ab. Er gab mir genügend Haushaltsgeld und verlangte keine Abrechnung darüber. Aber ich hätte keine größeren Summen abzweigen können, ohne mit ihm darüber zu sprechen …

Raffiniert wie er war, ging Philippe dann hinter meinem Rücken zu René. Ihm erzählte er dieselbe oder eine andere Geschichte und bat ihn, mir nichts davon zu sagen.«

»Wie kam es, dass Ihr Bruder die Firma in der Rue du Saint-Gothard verlassen hat?«

»Es gab gewisse Unregelmäßigkeiten. Das war umso schlimmer, weil er wichtige Kunden aufgesucht und sie im Namen meines Mannes um Geld gebeten hatte.«

»Und den hat schließlich die Wut gepackt?«

»Ja, er hatte ein langes Gespräch unter vier Augen mit ihm. Aber anstatt ihn mit einer bestimmten Summe loszuwerden, hat er ihm von seiner Bank monatlich so viel auszahlen lassen, dass er davon leben konnte. Ich vermute, Sie ahnen, wie es weiterging.

Er hat so weitergemacht.

Und immer haben wir ihm verziehen. Jedes Mal schien es so, als wollte er wirklich ein neues Leben anfangen. Wir haben ihm wieder unsere Tür geöffnet. Dann ist er verschwunden, nachdem er sich eine weitere Ungeheuerlichkeit geleistet hatte …

Eine Weile hat er in Bordeaux gelebt. Er schwört,

dass er dort verheiratet ist und ein Kind hat, ein Mädchen. Wir haben jedoch nie einen Beweis dafür gesehen. Nur das Bild einer Frau, aber das hätte irgendeine beliebige Frau sein können. Sollte es aber stimmen, dann hat er Frau und Tochter ziemlich schnell wieder verlassen und ist nach Brüssel gezogen.

Dort drohte ihm angeblich eine Gefängnisstrafe, daraufhin hat mein Mann ihm das nötige Geld geschickt.

Ich weiß nicht, ob Sie das verstehen … Es ist schwer, wenn man ihn nicht kennt. Er hat immer einen ehrlichen Eindruck gemacht, und ich frage mich, ob er es nicht sogar war. Er ist nicht von Grund auf schlecht …«

»Und doch hat er Ihren Mann getötet.«

»Solange es nicht bewiesen ist, solange er es nicht gestanden hat, weigere ich mich, das zu glauben … Ich werde immer zweifeln. Ich werde mich immer fragen, ob ich nicht mit schuld bin.«

»Wie lange war er nicht mehr in der Rue Notre-Dame des Champs?«

»Sie meinen, in der Wohnung?«

»Ich verstehe den Unterschied nicht.«

»In der Wohnung ist er nämlich seit mindestens sieben Jahren nicht gewesen … Das letzte Mal war es nach Brüssel und vor Marseille, Véronique war noch nicht verheiratet … Bis dahin hatte er immer gut ausgesehen, gepflegt und elegant … Aber als er damals auftauchte, wirkte er fast wie ein Clochard und ziemlich ausgehungert.

Nie zuvor hat er sich so bescheiden und reumütig gezeigt. Wir haben ihn für einige Tage bei uns aufgenommen. Er behauptete, er hätte in Gabun eine Stellung gefunden, also hat mein Mann ihm wieder einmal in den Sattel geholfen …

Dann hörten wir fast zwei Jahre nichts von ihm. Eines Morgens, als ich einkaufen ging, stand er an der Straßenecke und wartete auf mich.

Ich erspare Ihnen, welche Geschichten er wieder erfunden hat.

Ich habe ihm ein paar Geldscheine gegeben …

Während der letzten Jahre hat er mich mehrmals so abgefangen. Er hat geschworen, sich nicht an René zu wenden, ihn nie wieder um etwas zu bitten.«

»Und hat ihn noch am selben Tag aufgesucht?«

»Ja. Wie gesagt, er trieb sein doppeltes Spiel weiter. Seit gestern habe ich den Beweis dafür.«

»Inwiefern?«

»Ich hatte eine Vorahnung … Ich dachte mir, dass Sie eines Tages von Philippes Existenz erfahren und mir detaillierte Fragen stellen würden.«

»Hatten Sie die Hoffnung, das würde erst sehr viel später geschehen? Damit er noch die Zeit hätte, sich ins Ausland abzusetzen?«

»Hätten Sie nicht so wie ich gehandelt? Hätte Ihre Frau zum Beispiel nicht ebenso gehandelt?«

»Er hat Ihren Mann getötet.«

»Nehmen wir an, es wäre wirklich so. Er bleibt trotz allem mein Bruder. Und es macht René nicht wieder lebendig, wenn mein Bruder bis ans Ende seiner Tage im Gefängnis sitzt … Ich kenne Philippe … Aber die Geschworenen … wenn ich denen eines Tages sagen muss, was ich Ihnen eben erzählt habe, werden sie mir nicht glauben. Er ist eher ein unglücklicher Mensch als ein Verbrecher.«

Wozu mit ihr streiten? Und es stimmte ja, in gewisser Weise hatte es das Schicksal nicht gut gemeint mit Philippe de Lancieux.

»Ich habe die Papiere meines Mannes durchgesehen, vor allem die Scheckabschnitte. Es gab zwei Schubladen voll davon, sorgfältig geordnet. Er war geradezu pedantisch.

Mir ist klar geworden, dass Philippe jedes Mal, wenn er mich aufsuchte, auch bei meinem Mann in der Rue du Saint-Gothard war. Und dann später muss er ihn abgefangen haben, ich weiß nicht wo. Vermutlich auf der Straße, so wie mich.«

»Und Ihr Mann hat Ihnen nie etwas davon gesagt?«

»Er wollte mir keinen Kummer machen. Und ich wollte ihm keinen Kummer machen. Wenn wir offener miteinander gesprochen hätten, vielleicht wäre dann nichts passiert … Ich habe viel darüber nachgedacht … Am Mittwoch, kurz vor zwölf, René war noch nicht von seinem Spaziergang zurück, bekam ich einen Anruf. Ich habe Philippes Stimme sofort erkannt …«

Ob er da aus der Brasserie Franco-Italienne anrief, wo Josselin sich kurz vorher verabschiedet hatte? Wahrscheinlich. Dieser Punkt ließ sich nachprüfen. Die Kassiererin erinnerte sich vielleicht daran, dass sie ihm eine Telefonmünze gegeben hatte.

»Er sagte, er müsse mich unbedingt sprechen. Es ginge um Leben oder Tod, und wir würden dann nie wieder etwas von ihm hören … Er hat mich in die Brasserie bestellt. Ich bin auf dem Weg zum Friseur dorthin gegangen.«

»Einen Augenblick. Haben Sie Ihrem Bruder gesagt, dass Sie zum Friseur gingen?«

»Ja. Ich wollte ihm erklären, warum ich so wenig Zeit hatte …«

»Und haben Sie ihm auch gesagt, dass Sie vorhatten, ins Theater zu gehen?«

»Warten Sie … Ich bin ziemlich sicher. Ich habe gesagt:

›Ich muss noch zum Friseur, weil ich heute Abend mit Véronique ins Theater gehe.‹

Er wirkte noch verängstigter als sonst. Er gestand mir, dass er eine große Dummheit begangen hatte. Er sagte zwar nicht, worum es ging, aber er gab mir zu verstehen, dass er von der Polizei verhaftet werden könnte. Er benötigte eine große Summe, um sich nach Südamerika einschiffen zu können. Ich habe alles Geld, das ich bei mir hatte, aus meiner Handtasche genommen und ihm gegeben.

Warum sollte er am Abend zu uns gekommen sein, um meinen Mann zu töten … Das begreife ich nicht.«

»Wusste er von der Pistole in der Schublade?«

»Sie hat dort mindestens fünfzehn Jahre gelegen, vermutlich noch länger, und Philippe hat ja, wie ich schon sagte, eine Weile bei uns gewohnt.«

»Er kannte natürlich auch den Schlüssel in der Küche.«

»Er hat kein Geld genommen … Mein Mann hatte Geld in seiner Brieftasche, das wurde nicht angerührt. Auch im Sekretär lag Geld, und in meinem Schlafzimmer Schmuck.«

»Hat Ihr Mann am Tag seines Todes einen Scheck für Philippe ausgestellt?«

»Nein.«

Schweigend sahen sie sich an.

»Ich glaube«, sagte Maigret schließlich seufzend, »das ist die Erklärung.«

»Dass mein Mann es ihm abgeschlagen hat?«

»Wahrscheinlich.«

Oder hatte er seinem Schwager vielleicht nur ein paar Geldscheine aus seiner Brieftasche gegeben?

»Trug Ihr Mann das Scheckbuch immer bei sich?«

Wenn nicht, hätte er sich womöglich für den Abend mit Philippe verabredet.

»Er hatte es immer bei sich.«

Dann hatte es Lancieux am Abend wohl noch einmal versucht, weil er am Morgen nicht erfolgreich gewesen war. Ob er da schon die Absicht hatte, Josselin zu töten? Dachte er, er könnte mehr aus seiner Schwester herausholen, wenn sie erst im Besitz des gesamten Vermögens wäre?

Maigret versuchte gar nicht erst, das zu klären. Er hatte die beteiligten Personen so gut er konnte ausgeleuchtet, das Übrige war Sache des Gerichts.

»Wissen Sie, ob Ihr Bruder sich schon länger in Paris aufhielt?«

»Ich schwöre, ich habe keine Ahnung. Ich muss gestehen, ich hoffe inständig, dass er die Zeit hatte, ins Ausland zu entkommen, und ich hoffe, dass man nie wieder von ihm hört.«

»Und wenn er eines Tages erneut Geld von Ihnen verlangt? Wenn Sie ein Telegramm bekommen, zum Beispiel aus Brüssel, aus der Schweiz oder von sonst irgendwo, in dem er Sie darum bittet, ihm sofort Geld zu schicken?«

»Ich glaube nicht, dass …«

Sie beendete den Satz nicht. Zum ersten Mal senkte sie den Blick und stammelte:

»Auch Sie glauben mir nicht.«

Diesmal folgte ein langes Schweigen. Der Kommissar spielte mit seiner Pfeife, beschloss schließlich, sie zu stopfen und zu rauchen. Während der ganzen Unterhaltung hatte er das nicht gewagt.

Es gab nichts mehr zu sagen. Madame Josselin öffnete ihre Handtasche und tat das Taschentuch hinein. Der Verschluss gab ein trockenes Klicken von sich. Es war wie ein Signal. Nach einem letzten Zögern erhob sie sich, weniger steif als zu Beginn.

»Brauchen Sie mich noch?«

»Im Augenblick nicht.«

»Sie werden nach ihm fahnden, nicht wahr?«

Er schloss nur kurz die Augen. Auf dem Weg zur Tür bemerkte er:

»Ich habe nicht einmal ein Foto von ihm.«

»Sie werden es mir nicht glauben, aber ich besitze auch keins. Nur Aufnahmen aus der Zeit vor dem Krieg. Da war er noch ein halbes Kind.«

An der Tür, die Maigret bereits halb geöffnet hatte, waren sie beide ein wenig verlegen, als wüssten sie nicht, wie sie sich voneinander verabschieden sollten.

»Werden Sie meine Tochter denn auch noch verhören?«

»Das ist nicht mehr notwendig.«

»Vielleicht waren die vergangenen Tage für Véronique am schwersten … Für meinen Schwiegersohn auch, vermute ich … Sie hatten beide nicht denselben Grund wie ich zu schweigen … Sie haben es für mich getan …«

»Ich nehme es ihnen nicht übel.«

Er streckte ihr zögernd die Hand hin, und sie legte ihre, schon mit übergestreiftem Handschuh, hinein.

»Ich kann Ihnen nicht viel Glück wünschen …«, flüsterte sie.

Und ohne sich noch einmal umzudrehen, ging sie in das Wartezimmer, wo Véronique voller Angst saß und sofort aufsprang.

8

Der Winter war vorbei. Zehnmal, zwanzigmal hatte am Quai des Orfèvres noch spät abends Licht gebrannt, oft sogar bis tief in die Nacht hinein, was bedeutete, dass eine Frau oder ein Mann Maigret am Schreibtisch gegenübersaß, auf dem Platz, den auch Madame Josselin eingenommen hatte.

Die Personenbeschreibung von Philippe de Lancieux war an alle Polizeidienststellen übermittelt worden, man suchte ihn auf den Bahnhöfen wie an den Grenzübergängen und Flughäfen. Interpol hatte einen Steckbrief erstellt und an alle Polizeibehörden im Ausland geschickt.

Doch erst Ende März, als sich die Schornsteine schon rötlich gegen den blassblauen Himmel abhoben und die Knospen aufplatzten, hörte Maigret eines Morgens, als er, zum ersten Mal in diesem Jahr ohne Mantel, in sein Büro kam, wieder etwas über Madame Josselins Bruder.

Sie wohnte weiterhin in der Rue Notre-Dame des Champs, mit einer Art Haushälterin, besuchte nachmittags ihre Enkel am Boulevard Brune und ging mit ihnen im Parc Montsouris spazieren.

Philippe de Lancieux war tot aufgefunden worden, getötet durch mehrere Messerstiche, gegen drei Uhr nachts, in der Nähe einer Bar in der Avenue des Ternes.

Die Zeitungen schrieben: *Drama in der Unterwelt.*

Das stimmte nicht ganz, wie so oft. Lancieux hatte nicht zum Verbrechermilieu gehört, aber seit einigen Monaten mit einer Prostituierten namens Angèle zusammengelebt.

Nach wie vor hatte er Lügengeschichten erzählt. Angèle glaubte, dass er sich bei ihr versteckte und das Haus nur nachts verließ, weil er aus Fontevrault ausgebrochen war, wo er eine zwanzigjährige Strafe zu verbüßen hatte.

Hatten andere im Milieu bemerkt, dass er gar kein richtiger Lude war? War er umgebracht worden, weil er die junge Frau ihrem eigentlichen Zuhälter ausgespannt hatte?

Eine Untersuchung wurde zwar eröffnet, allerdings nur halbherzig, wie so oft in solchen Fällen.

Maigret musste wieder einmal in die Rue Notre-Dame des Champs. Er sah die Concierge wieder, deren Baby auf einem hohen Stuhl saß und vor sich hin brabbelte. Er stieg in den dritten Stock hinauf und klingelte.

Obwohl es nun eine Haushälterin gab, arbeitete Madame Manu noch täglich ein paar Stunden in der

Wohnung. Sie war es auch, die ihm die Tür öffnete. Diesmal nahm sie die Kette gleich ab.

»Ach, Sie sind es«, sagte sie und runzelte die Stirn, als könnte er nur schlechte Nachrichten bringen.

War es denn eine schlechte Nachricht?

Im Wohnzimmer hatte sich nichts verändert, nur dass ein blauer Schal auf dem Sessel von René Josselin lag.

»Ich sage Madame Josselin Bescheid.«

»Ich bitte Sie darum.«

Trotz allem war ihm danach, sich die Stirn zu wischen, als er sich flüchtig im Spiegel betrachtete.

Echandens (Vaud), 11. September 1961

DER GANZE SIMENON

Die erste deutschsprachige Gesamtausgabe

DER GANZE MAIGRET

Alle 75 Maigret-Romane und 28 Maigret-Erzählungen. In neuen oder grundlegend revidierten Übersetzungen. Ausgewählte Romane mit Nachworten von Andrea Camilleri, Tim Parks, Karl-Heinz Ott, Rüdiger Safranski, Jean-Luc Bannalec und vielen anderen.

DIE GROSSEN ROMANE

Alle 117 großen Romane, einige seit Jahrzehnten endlich wieder lieferbar. Teilweise in neuen oder vollständig revidierten Übersetzungen. Mit Nachworten von Friedrich Ani, John Banville, Julian Barnes, William Boyd, Axel Hacke, Daniel Kehlmann, Martin Mosebach, Joyce Carol Oates, Hans-Ulrich Treichel und vielen anderen. Eine Kooperation der Verlage Kampa und Hoffmann und Campe.

AUSSERDEM

Zum ersten Mal alle Erzählungen, viele davon als deutsche Erstveröffentlichungen, literaturkritische Essays, Reportagen, autobiographische Schriften, Briefe und Gespräche.

»Manche fragen mich:
Was soll ich von Simenon lesen? –
Ich antworte: Alles!«
André Gide

DIE MAIGRET-ROMANE

Maigret und Pietr der Lette
Der 1. Fall
Deutsch von Susanne Röckel
Neuübersetzung
Mit einem Nachwort von
Tobias Gohlis

Maigret und der Gehängte von Saint-Pholien
Der 3. Fall
Deutsch von Gerhard Meier
Neuübersetzung

Maigret und der Treidler der Providence
Der 4. Fall
Deutsch von Rainer Moritz
Neuübersetzung
Mit einem Nachwort von
Rüdiger Safranski

Maigret und der gelbe Hund
Der 6. Fall
Deutsch von Elisabeth Edl
und Wolfgang Matz
Neuübersetzung
Mit einem Nachwort von
Marcel Aymé

Maigrets Nacht an der Kreuzung
Der 7. Fall
Deutsch von Hansjürgen Wille,
Barbara Klau und Bärbel Brands
Grundlegend überarbeitete
Übersetzung

Maigret und das Verbrechen in Holland
Der 8. Fall
Deutsch von Hansjürgen Wille,
Barbara Klau und Julia Becker
Grundlegend überarbeitete
Übersetzung
Mit einem Nachwort von
Tim Parks

Maigret beim Treffen der Neufundlandfahrer
Der 9. Fall
Deutsch von Hansjürgen Wille,
Barbara Klau und Mirjam
Madlung. Grundlegend
überarbeitete Übersetzung

Maigret und die kleine Landkneipe
Der 11. Fall
Deutsch von Rainer Moritz
Neuübersetzung
Mit einem Nachwort von
Michael Dibdin

Maigret bei den Flamen
Der 14. Fall
Deutsch von Hansjürgen Wille,
Barbara Klau und Bärbel Brands
Grundlegend überarbeitete
Übersetzung

Maigret in der Liberty Bar
Der 17. Fall
Deutsch von Hansjürgen Wille,
Barbara Klau und Mirjam
Madlung. Grundlegend
überarbeitete Übersetzung

Maigret und die Keller des Majestic
Der 20. Fall
Deutsch von Hansjürgen Wille,
Barbara Klau und Cornelia
Künne. Grundlegend
überarbeitete Übersetzung

Maigret im Haus des Richters
Der 21. Fall
Deutsch von Thomas Bodmer
Neuübersetzung

Maigret und das Dienstmädchen
Der 25. Fall
Deutsch von Hansjürgen Wille, Barbara Klau und Bärbel Brands. Grundlegend überarbeitete Übersetzung

Maigret und sein Toter
Der 29. Fall
Deutsch von Hansjürgen Wille, Barbara Klau und Sophia Marzolff. Grundlegend überarbeitete Übersetzung
Mit einem Nachwort von Gert Heidenreich

Maigrets erste Untersuchung
Der 30. Fall
Deutsch von Hansjürgen Wille, Barbara Klau und Annette Walter
Grundlegend überarbeitete Übersetzung
Mit einem Nachwort von Hanjo Kesting

Mein Freund Maigret
Der 31. Fall
Deutsch von Hansjürgen Wille, Barbara Klau und Bärbel Brands
Grundlegend überarbeitete Übersetzung

Maigret und die alte Dame
Der 33. Fall
Deutsch von Hansjürgen Wille, Barbara Klau und Mirjam Madlung. Grundlegend überarbeitete Übersetzung

Madame Maigrets Freundin
Der 34. Fall
Deutsch von Hansjürgen Wille, Barbara Klau und Bärbel Brands
Grundlegend überarbeitete Übersetzung

Maigrets Memoiren
Der 35. Fall
Deutsch von Hansjürgen Wille, Barbara Klau und Bärbel Brands
Grundlegend überarbeitete Übersetzung

Maigret und die Tänzerin
Der 36. Fall
Deutsch von Hansjürgen Wille, Barbara Klau und Cornelia Künne. Grundlegend überarbeitete Übersetzung

Maigret als möblierter Herr
Der 37. Fall
Deutsch von Jean Raimond und Julia Becker. Grundlegend überarbeitete Übersetzung

Maigret hat Angst
Der 42. Fall
Deutsch von Hansjürgen Wille, Barbara Klau und Bärbel Brands
Grundlegend überarbeitete Übersetzung
Mit einem Nachwort von Robert Schindel

Maigret in der Schule
Der 44. Fall
Roman
Deutsch von Elisabeth Edl und Wolfgang Matz
Neuübersetzung
Mit einem Nachwort von Wolfgang Matz

Maigret und die junge Tote
Der 45. Fall
Deutsch von Rainer Moritz
Neuübersetzung

Maigret stellt eine Falle
Der 48. Fall
Deutsch von Hansjürgen Wille, Barbara Klau und Meike Stegkemper. Grundlegend überarbeitete Übersetzung

Maigret amüsiert sich
Der 50. Fall
Deutsch von Hansjürgen Wille, Barbara Klau und Oliver Ilan Schulz. Grundlegend überarbeitete Übersetzung
Mit einem Nachwort von Jean-Luc Bannalec

Maigret und die alten Leute
Der 56. Fall
Deutsch von Hansjürgen Wille, Barbara Klau und Regina Roßbach. Grundlegend überarbeitete Übersetzung

Maigret und der faule Dieb
Maigrets 57. Fall
Deutsch von Hansjürgen Wille, Barbara Klau und Regina Roßbach. Grundlegend überarbeitete Übersetzung

Maigret und die braven Leute
Der 58. Fall
Deutsch von Hansjürgen Wille, Barbara Klau und Mirjam Madlung. Grundlegend überarbeitete Übersetzung

Maigret und der Clochard
Der 60. Fall
Deutsch von Hansjürgen Wille, Barbara Klau und Mirjam Madlung. Grundlegend überarbeitete Übersetzung

Maigret in Künstlerkreisen
Der 66. Fall
Deutsch von Hansjürgen Wille, Barbara Klau und Julia Becker
Grundlegend überarbeitete Übersetzung

Maigret in Kur
Der 67. Fall
Deutsch von Hansjürgen Wille, Barbara Klau und Bärbel Brands
Grundlegend überarbeitete Übersetzung

Maigret zögert
Der 68. Fall
Deutsch von Hansjürgen Wille, Barbara Klau und Astrid Roth
Grundlegend überarbeitete Übersetzung

Maigrets Jugendfreund
Der 69. Fall
Deutsch von Hansjürgen Wille, Barbara Klau und Cornelia Künne. Grundlegend überarbeitete Übersetzung

Maigret und der Messerstecher
Der 70. Fall
Deutsch von Hansjürgen Wille, Barbara Klau und Cornelia Künne. Grundlegend überarbeitete Übersetzung

Maigret und der Weinhändler
Der 71. Fall
Deutsch von Hansjürgen Wille, Barbara Klau und Mirjam Madlung. Grundlegend überarbeitete Übersetzung

Maigret und Stan der Killer
Der 92. Fall
Deutsch von Hansjürgen Wille, Barbara Klau und Sina de Malafosse. Grundlegend überarbeitete Übersetzung
Mit einem Nachwort von Michael Rohrwasser

Madame Maigrets Liebhaber
Der 94. Fall
Deutsch von Hansjürgen Wille, Barbara Klau und Bärbel Brands
Grundlegend überarbeitete Übersetzung
Mit einem Nachwort von Daniel Kampa

Maigret und die Aussage des Ministranten
Der 99. Fall
Deutsch von Hansjürgen Wille, Barbara Klau und Bärbel Brands
Grundlegend überarbeitete Übersetzung
Mit einem Nachwort von Manfred Papst

Maigret und Inspektor Griesgram
Der 101. Fall
Deutsch von Hansjürgen Wille, Barbara Klau und Bärbel Brands
Grundlegend überarbeitete Übersetzung
Mit einem Nachwort von Jean Améry

Weihnachten bei den Maigrets
Der 103. Fall
Deutsch von Hansjürgen Wille, Barbara Klau und Bahar Avcilar
Grundlegend überarbeitete Übersetzung
Mit einem Nachwort von Dror Mishani

Weitere Bände in Vorbereitung

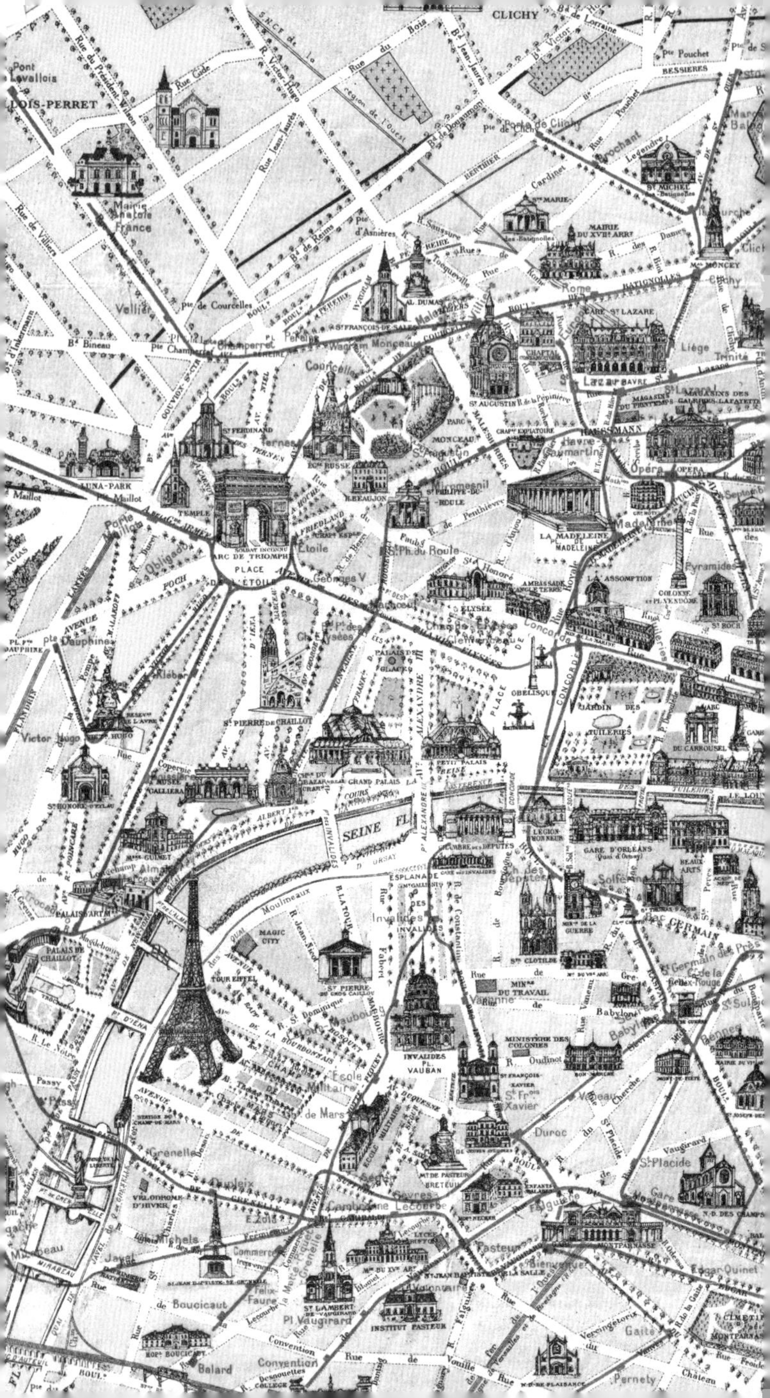

CLICHY
Rue Gide
Rue du Président Wilson
Pont Levallois
LOIS-PERRET
Mairie Anatole France
Rue de Villiers
Rue du Bois
R. Victor-Hugo
Bd Jean-Jaurès
Bd Victor Hugo
Bd de Lorraine
Pte Pouchet
BESSIERES
Rue Jean-Jaurès
Bd de Douaumont
Pte de Clichy
Porte de Clichy
BERTHIER
Brochant
Legendre
ST MICHEL des Batignolles
Cardinet
STE MARIE des Batignolles
MAIRIE DU XVIIe ARRT
Pte d'Asnières
Bd de Reims
R. Saussure
Tocqueville
Rue de Rome
R. des Dames
BATIGNOLLES
Mal MONCEY
Pte de Courcelles
AL. DUMAS
ST FRANÇOIS DE SALES
Malesherbes
Villiers
Wagram
Monceau
Courcelles
Pte Champerret
Bd Bineau
Pereire
ST AUGUSTIN
CHAPTAL
GARE ST LAZARE
Liège
Trinité
St Lazare
HAVRE
MAGASINS DU PRINTEMPS
MAGASINS DES GALERIES LAFAYETTE
HAUSSMANN
PARC MONCEAU
MALESHERBES
CHAPELLE EXPIATOIRE
Havre Caumartin
Opéra
OPÉRA
ST FERDINAND
ECSE RUSSE
Ternes
LUNA-PARK
Pte Maillot
Maillot
TEMPLE
BEAUJON
Miromesnil
ST PHILIPPE-DU-ROULE
R. de Penthièvre
LA MADELEINE
PL. DE LA MADELEINE
Madeleine
Porte Maillot
SOLDAT INCONNU
ARC DE TRIOMPHE
PLACE DE L'ÉTOILE
Etoile
Friedland
Hoche
Georges V
Fbg St Honoré
St Ph. du Roule
ELYSÉE
AMBASSADE D'ANGLETERRE
L'ASSOMPTION
Pyramides
COLONNE et PL. VENDOME
ST ROCH
Rue Royale
Concorde
Rue de Rivoli
Tuileries
POCH
AVENUE MALAKOFF
Pte Dauphine
PL. Pte DAUPHINE
Kléber
Victor Hugo
Champs Elysées
Clemenceau
PALAIS DE GLACE
ALEXANDRE III
PLACE DE LA CONCORDE
OBÉLISQUE
JARDIN DES TUILERIES
ARC DU CARROUSEL
ST PIERRE DE CHAILLOT
GRAND PALAIS
PETIT PALAIS
COURS LA REINE
Copernic
MUSÉE GALLIERA
ST HONORÉ D'EYLAU
MUSÉE GUIMET
Alma
Marceau
PALAIS DE CHAILLOT
TROCADÉRO
Trocadéro
ALBERT 1er
SEINE FL.
Pt des INVALIDES
Pt ALEXANDRE III
QUAI D'ORSAY
CHAMBRE DES DÉPUTÉS
GARE DES INVALIDES
LÉGION D'HONNEUR
GARE D'ORLÉANS (Quai d'Orsay)
BEAUX ARTS
Solférino
Ch. des Députés
ESPLANADE DES INVALIDES
R. de Constantine
R. de Bourgogne
Invalides
Moulineaux
R. LA TOUR MAUBOURG
MAGIC CITY
R. Jean-Nicot
Rue Fabert
ST PIERRE DU GROS CAILLOU
TOUR EIFFEL
Pt D'IÉNA
R. Le Nôtre
STE CLOTILDE
MIN. DE LA GUERRE
Bac
St Germain des Prés
Croix-Rouge
Rue de Varenne
MINre DU TRAVAIL
Babylone
Rue Vaneau
Sèvres
MINISTÈRE DES COLONIES
R. Oudinot
INVALIDES PL. VAUBAN
ST FRANÇOIS-XAVIER
St Fr. Xavier
ÉCOLE MILITAIRE
École Militaire
Champ de Mars
AVENUE DE LA BOURDONNAIS
Passy
Duroc
R. du Cherche-Midi
Rue Vaugirard
St Placide
N.D. DES CHAMPS
Gare Montparnasse
Grenelle
Dupleix
VÉLODROME D'HIVER
Mt DE PASTEUR
BRETEUIL
Ségur
Cambronne
Lecourbe
MONTPARNASSE
Pasteur
Bienvenüe
Edgar Quinet
Volontaires
Rue Falguière
MIRABEAU
Javel
Rue de Boucicaut
Félix Faure
Commerce
ST JEAN BAPTISTE DE GRENELLE
ST LAMBERT DE VAUGIRARD
Mie DU XVe ARRt
INSTITUT PASTEUR
Pl Vaugirard
Rue Lecourbe
Vercingétorix
Gaîté
CIMETIÈRE MONTPARNASSE
Convention
Balard
Rue de Vouillé
Pernety
Château
Mont. BOUCICAUT
N.D. DU TRAVAIL